내 머릿속의 미친개 한마리

■ **장순** 저자 약력

얼마간의 시간이 무표정하게 흘러 갔는지 모른다.

아직까지 무료함을 달래 줄 답신은 받지 못했다.

단지 지극히 평범한 것을 좋아한다.

시집으로는 〈네가 없는 이 세상은 안개무덤〉, 〈봄 여름 가을 겨울 모두 바쁘면 환절기에 만나자〉, 〈사랑은 기다림으로부터의 시작입니다〉, 〈수화기를 들면 당신은 아무 말도 하지 못합니다〉와 수필집 〈느낌 하나, 사랑 둘〉, 〈사랑〉을 출간하였다. 그리고 장편소설로는 〈프리섹스〉, 〈칠공주 1, 2〉, 〈하늘의 아들〉, 〈슬픈고백〉, 〈축제는 끝나지 않았다〉, 〈바퀴벌레와 춤을〉, 〈야 인마〉, 〈내 머릿속의 또 다른 나〉, 〈내 머릿속의 미친개 한 마리〉 등이 있다.

내 머릿속의 미친개 한마리

초판 인쇄 2014년 1월 10일
초판 발행 2014년 1월 15일

지은이 장순
펴낸이 진수진
펴낸곳 레몬톡
디자인 백미애

주소 경기도 고양시 일산동구 중산동 182번지
출판등록 2013년 5월 30일 제2013-000078호
전화 031-926-7696
팩스 031-926-7697
홈페이지 www.haeminbooks.com

ISBN 979-11-85254-48-7 (03810)

정가 12,000원

내 머릿속의 미친개 한마리

장 순 에세이

내 머릿속의 미친개 한마리

1

머리부터 발끝까지 조용히 바라보는 중.
아직도 자신이 없다. 언제나 바라보기만 하는
나 자신이 바보 같을 때가 있다.
그래, 오늘도 변함이 없다.
그냥 안쓰럽게 나를 바라볼 뿐이다.
나는 내가 지극히 평범했으면 좋겠다.
그냥 나였으면 좋겠다.

2

내 머릿속에 들어와 며칠간 속을 썩이던 쥐새끼 한 마리가
눈을 뜨기도 전에 쥐도 새도 모르게 사라져 버렸다.
녀석은 대체 어디로 간 것일까?
내 불면이 시끄러워 줄행랑친 것이 분명하긴 한데.
어쨌든 녀석과 실랑이를 벌이지 않아도 되니 다행이다.

3

연두색을 입은 그녀가 아름답다.
커피 맛이 그윽한 그녀와의 대화가 그런데 서글프다.
그녀는 아프다. 실연의 아픔이 그녀를 주눅들게 한다.
사랑할 때 그녀는 매력적이었다.

지금 그녀는 그저 안아주고 싶을 뿐이다.
울어라!
내 빈약한 가슴을 빌려 줄 터이니.

4

그녀가 떠나간 자리가 허전하다.
그녀에게 처방해 줄 수 있는 약이 없어서 안타까울 따름이다.
부디 덧나지 않기를. 상처가 곪아 터지지 않기를.
내가 해줄 수 있는 일은 그녀를 응원해 주는 것밖에는 없다.
사랑의 상처는 온전히 그녀만의 것이다.

5

언제까지 미궁 속인지는 몰라도.
언제나 오늘은 내일로 시작되는 것이다.
부디 희망을 쓸데없이 까먹지는 말기를.

6

형식이 어떻든 간에 좋다.
어차피 형식을 따지면서 살아온 인생이 아니기 때문이다.

7

이전의 결과를 알 수는 있을지 모른다.
이후의 결론은 알 수가 없다. 다만, 앞만 보고 걸어갈 뿐이다.
그러면 지극히 단순하게 결과를 알 수 있기 때문이다.
해서 먼저 두드리는 버릇부터 생겼다.
어쨌든 좋다. 그냥 앞으로 걸어가는 것이다.

8

녀석이 감쪽같이 사라졌다. 구박한 것도 아닌데,
그렇다고 눈 한 번 흘긴 적 없는데 녀석이 제 발로 가출을 한 모양이다.
아니면 심심해서 숨바꼭질하려는지도 모르겠다.
녀석이 없으니 문을 잠글 수도 그냥 열어두고 나갈 수도 없는 노릇이다.

9

시간은 다가오고 하늘의 별은 지친 기색으로 칭얼대는데.
게다가 길고양이들은 쓸데없이 싸움질이고.
풀벌레는 노래를 부르다가 잠이 들고 말았다.
틀어 놓은 YTN에서는 지난밤을 되새김질하고 날은 점점 밝아 온다.
이 새벽에 나는 기어코 불면을 꼭꼭 씹는다.

10

이놈의 집착.

그래서 내 첫사랑이 뒤도 돌아보지 않고 떠나갔는지도 모르겠다.

빌어먹을 집착과 미련.

마누라는 잠도 잘 잔다. 코 고는 소리는 여전하구나.

11

오늘은 길고양이도 풀벌레도 움츠러드는 시간.

녀석들은 모두 어디로 간 것일까?

비가 오려나?

12

너 자신을 너무 믿지는 마라.

그렇다고 남의 말에 너무 귀 기울이지는 마라.

차라리 운명이리니.

13

내 머릿속의 열쇠를 분실했다.

딱 들어맞는 열쇠를 찾을 수가 없다.

아무래도 열쇠 수리공을 불러야 할 것 같다.

14

そ○&2ふ

그러고 보니 내가 없는 사이 열대어들이 두 끼나 굶었다.
불쌍한 것들.
매운탕도 끓여 먹을 수 없으니 너희는 생선이 아니다.
다만 내 안식이다.

15

そ○&2ふ

친구도 없이 수년을 혼자서 지내다가 기억하는 이 없이
쓸쓸히 떠났을 녀석은
돌아올 수 없는 길 위에서 마냥 짖는 중인지도 모르겠다.
그나마 다행이다. 나라도 기억하고 있으니.
초복이었을까? 중복이었을까? 말복이었을까?
녀석은 아무 상관없었다.

16

そ○&2ふ

불면을 밥 씹어 먹듯이 씹어 먹은 지가 십 수 년이다.
녀석은 지칠 때도 됐는데 아직 지칠 기미를 보이지 않는다.
넋을 놓고 있는 것은 오직 나뿐이다.
언제쯤 나는 녀석에게서 자유로워 질 수 있을까?
빌어먹을 녀석. 어쨌든 오늘도 즐겨볼 생각이다.

17

꿍꿍 앓거나, 받아들여야 한다면 차라리 즐기는 쪽을 선택하겠다.

굳이 시름시름 앓을 필요는 없지 않은가?

차라리 친구 먹지 뭐.

녀석의 꽁무니를 쫓아다니며 사사건건 참견해볼 생각이다.

그러면 질려서 녀석이 먼저 도망치지 않을까! 두고 봐라, 녀석아!

18

살아 있었구나. 멀쩡히.

그런데 왜 나는 네가 죽었다고 생각했을까?

네가 떠나간 후 차라리 죽었다고 생각하는 것이 어쩌면 잊기 싫지 않았

을까?

그래서 나는 너에게 잔인한 폭행을 시도한 범죄자가 되고 말았던 것이다.

이제라도 후회할 수 있어서 다행이다.

19

정체불명의 너에게 총구를 겨눈다.

그리고 방아쇠를 당긴다.

너는 이제 전전긍긍할 것이다.

20

설마! 설마가 사람 잡았다.

21

오늘도 그냥 너를 바라보기. 내 마음이니까!

22

보고 있나요?
나도 보고 있어요.

23

내게로 왔다.
대책을 세우기도 전에 덤벼드는 녀석을 감당할 수 없어 쥐구멍이라도
찾는다.
이렇게 불쑥 찾아와 비수를 겨눌 때면 무기는 오로지 약밖에는 없다.
의지가 없어 보이는 이 나약함!
나는 약을 외면하고 꿋꿋하게 참는다. 그런데 정말 안 되겠다.

24

무심코 헌책방에 들러 책을 보려고 반쯤 넘기는데 나온 천 원짜리 지폐
한 장.
허 참! 별일이군!
나는 지금 로또 사러 간다.
공돈은 빨리 써야 하는 법.
책 한 권과 함께 허튼 꿈에 발길이 가볍다.

25

춥지도 덥지도 않은 오늘이었다.
내 인생도 춥지도 덥지도 않았으면 하는 안도의 한숨을 내 쉬며
풀벌레 소리를 귀 기울여 듣는다.
너무 안주하는 것은 아닐까?
자꾸만 허기져 가는 나를 바라보면 자신이 없어진다.
언제까지 이 평온이 지속될지 걱정이다.

26

이 길고양이 녀석.
한밤에 또 마주치고 말았다.
녀석은 내가 들고 나간 음식물 쓰레기로 허기를 달랠 터.
그러나 너무 기대는 마라 네가 좋아할 만한 것은 지금 내 뱃속에 있으니.

공짜 너무 밝히면 머리카락이 빠지는 법이다. 녀석에게 쏘리.

27

그녀가 잔다. 부디 악몽은 꾸지 않기를.
그녀의 자전거도 잔다.
온전히 비를 홀딱 맞으면서 주인이 집으로 돌아왔는데도
심통이 얼굴에 더덕더덕 붙어 있다.
빌어먹을 이제는 그만 화를 풀지.
뭐든지 때가 되면 다시 찾는 법이다. 곤한 잠이나 자렴.

28

빗소리가 부침개를 부른다.
빌어먹을.
막걸리 한잔이 그리워 저리도 맨땅에 헤딩을 하는가?

29

밤새도록 쥐잡기. 밤새도록 바퀴벌레와 춤을 추기.
어떤 것이 더 나을까?
어쨌든 그건 네 마음이다.
제발 좀 일찍 주무시지!
내 속의 나란 놈이 짜증을 내기 시작한다. 그래도 별수없다.

약을 먹고 자느니 그냥 깨어 있는 게 낫다.

30

만나고 싶어도 더는 만날 수 없어서 안타깝다.
가끔은 돌아와 웃어 줄 것도 같은데 실상은 오려 해도 올 수 없는 현실
이다.
보고 싶어요.
아버지, 동생아 지금 너는 무엇을 하고 있을까?
잊을 수 없어서 살아남은 자의 슬픔이 더 큰 모양이다.
그립다.

31

담배 연기는 폐에 버리지 마시고 번거롭더라도
담배 연기와 꽁초를 비닐봉지에 담아 버리시기 바랍니다.

32

음식물 쓰레기통을 열어 보니
음식물 쓰레기 전용 봉투가 아닌 검은 봉투가 널려 있다.
음식물 쓰레기통을 발로 걷어차고 간 그 누군가의 마음을 이해할 수 있
을 듯.
태풍이 올라오는 날, 도로는 개차반이다.

태풍이 쓸고 갈 것이라는 생각은 큰 오산이다.

33

손 편지 대신 고지서만 한 가득이네.
언제쯤 너의 손 편지를 받을 수 있을까?
어쩌면 평생 받지 못할지도 모른다.
E-메일과 SNS로 소통하는 사회에서 뚱딴지처럼 손 편지라니.
너 같으면 귀찮게 우표 붙인 손 편지를 쓰겠니?
우표 값이 얼마더라?

34

비 오는 길가 모퉁이에 쇠사슬로 묶여 옴짝달싹할 수 없는 초라한 자전
거 한 대.
너의 주인은 누구냐?
왜 그렇게 내 모습과 닮은 것이냐?
나도 한때는 너였는지도 모르겠다.
그래도 시간이 지나면서 체념하지 않아 다행이었다고 말할 수 있다.

35

내게로 와서 사랑이 되어라.
너는 충분히 사랑을 받을 자격이 있다.

내게로 오지 않더라도 너는 온전히 사랑을 가질 수 있다.
그러나 되도록이면 내게로 와서 사랑이 되어 주어라.

36

녹슨 자전거는 내 머릿속에 묶어두고
쓰레기더미 속을 헤집고 다니는 중이다.
무엇이든 쓸 만한 것이 있을 것 같은데.
내 머릿속의 쓰레기는 좀처럼 금괴로 변하지 않는다.
아무래도 녹슨 자전거 타고 머릿속 한 바퀴 돌아야 할 것 같다.
빈 박스라도 나오겠지.

37

자꾸만 그 문구가 귓가에 어른거린다.
어차피 사랑은 죄가 아니다.
물론 불륜의 씨앗에 물을 주어서는 안 되지만.

38

그런데 나는 왜 네가 그리 달갑지 않은 걸까?
항상 너에게로 내 마음은 흐르고 있었는데.

39

⁕

횡단보도 위에서 길을 잃었다.

앞으로도 뒤로도 갈 수 없는 이 시간의 건널목에서 우왕좌왕 중이다.

그러다가도 한순간 멈춰버린다.

쥐죽은 듯한 이 침묵이 너무도 고통스럽다.

한순간 청각을 뒤흔드는 찢어질 듯한 굉음에 놀라기도 한다.

나는 길을 잃었다.

40

⁕

이 녀석은 아무 때나 찾아온다.

미처 준비도 되지 않았는데 불쑥 찾아와 미친 듯이 내 목을 짓누른다.

쉽사리 놓아줄 것 같지 않다가도 어느새 소리 소문없이 되돌아가기도

한다.

되도록 녀석이 놀러 오지 않았으면 좋겠다.

바라보고 있자니 버겁기만 하다.

41

⁕

그렇게 멀리는 가지 마라.

그러다가 너를 잃을까 봐 그것이 걱정이다.

내가 찾을 수 있는 거리만큼에서 지켜만 다오.

더 많은 욕심은 부리지 않겠다.

나는 네가 몹시도 그립다. 하지만 다가오지는 마라.
그립다 보면 사랑도 점점 더 깊어지는 것.

42

가만 보니 거울 속의 네 녀석 얼굴이 퉁퉁 부었다.
작작 시간을 씹어 먹어라.

43

이 도심에서 도대체 너희는 어디서 날아오는 것이냐?
식지 않은 너희의 생명력에 찬사를 보낸다.
힘에 겨워 이 도심을 등지려 하는 나의 나약함이 더 서글프구나.
어쨌든 너희가 있어서 행복하고 즐겁다.
잠시나마 자유로움을 맞이할 수 있어서 즐거웠다.

44

가만히 보니 너희들도 길을 잃었구나.
이런!

45

내게로 왔을 때 나는 이미 알고 있었다.

네가 길을 잃었다는 것을.

도심의 어느 외진 길 위에서 다행히도 나를 만날 수 있었다는 것을

너도 부정하지는 못할 것이다.

그리고 지금 너는 떠나려 한다.

그래 그동안의 만남이 불행이었다고는 말하지 않겠다.

46

예전으로 돌아간다면 하고 싶은 일은?

그야 젊음을 실컷 만끽해야지.

젊음을 너무 막 써버렸어.

흔한 건 줄 알았는데 그렇게 소중한 것이 없었어.

지금도 젊음을 만끽하지만, 너무나 적어.

어쨌든 돌아가게 된다면 소중하게 쓰고 말 거야.

너를 온전히 갖고 싶다.

47

며칠 전부터 애니팡의 하트가 날아오기 시작하더니

오늘도 시도 때도 없이 울려대는구나.

카카오톡보다도 더 짖어대는 탓에 머리가 지끈거릴 틈도 없다.

하트를 넣어달라고 한 것도 아닌데 자꾸만 주는 심보는 뭔가?

공짜니까?

48

더 신기한 것은 자판이다.
자판에 익숙해져 버린 내 손가락들아.
오늘도 문자를 마음껏 찍어내라 부탁한다.

49

아침부터 담배에 뭇매를 맞았다.

50

이 녀석은 집을 철거하는 날이 없다.
가만히 지켜보면 녀석의 논리에 나도 모르게 꿈틀거린다.
녀석에게 포클레인을 선사하고 싶다.
그 자리에 안주할 수 없게.
어쨌든 녀석은 집을 철거할 의무가 없을 것 같다.

51

태풍에도 끄떡없었으니 집은 독특하게 진 모양이다.
나는 지금 녀석의 조형에 찬사를 보낸다.
잘난 스파이더.

52

너와 마주하고 앉았다.

그러나 할 말이 없다.

아무리 스토리를 꺼내 놓으려고 해도 자꾸만 딴 생각 뿐이다.

53

중요한 것은 너와 마주하고 앉았다는 것이다.

뭔가가 떠오를 것 같기도 하고.

우선은 포기하지 않았다는 것이 더 중요하다.

54

축제구나.

오늘도 어제도 그리고 내일도. 늘 축제 속에서 살면서도 이 우울함은 뭔가?

공황속인가? 어쨌든 지금도, 아직도 축제 중이란 것이다.

그렇다고 신나게 축제를 즐기고 싶은 생각은 없다.

축제는 늘 즐거운 것만은 아니다.

55

비가 오는 소리인 줄 알고 밖으로 뛰어 나갔는데.

젠장.

널어놓은 빨래가 젖을까 봐 후다닥.
이런 깨 볶는 소리였어.

56

시간을 오징어 씹듯이 씹어대는 중이다.

57

더도 말고 덜도 말고 오늘만 같아라.
이 얼마나 평온한 시간인가?
그렇다고 새치기할 생각은 마라. 추월할 생각도 하지 마라.
난 이대로가 좋다.
맨 정신인 채 뻔뻔하게 자신을 바라볼 수 있어서 행복하다.
거울 속의 그 녀석 참, 매력적이다. 오늘만.

58

드디어 녀석의 꼬투리를 잡았다.
꽉 잡고 놓아주지 않을 생각이다.
녀석에 대한 복수다.
제아무리 날뛰어 봐라.
꼬리를 잡힌 이상 너는 곧 활자가 될 것이다.
우선은 원고지로 녀석을 꾹 눌러 놓고 한숨 먼저 진하게 내쉬어야겠다.

59

이 녀석을 지금부터 벗겨 먹을 생각인데 어디에서부터 손을 봐 줄까?
우선은 그 청명한 눈에서 청명함을 빼앗자.
아, 그래. 시작이 반이로구나.

60

짝수는 싫다.
언제나처럼 나는 홀수가 좋다. 주먹 쥔 손가락만큼의 홀수.
귀찮은 것도 딱 질색이다.
지금 내 머릿속에서는 미친개가 날뛰는 것이 아니라.
단순한 홀수가 새록새록 자라났다가 흘러간 시간처럼 소멸 된다.
그리고 다시 피어난다.

61

스파이더, 너의 날 선 거미줄이 살벌하구나.
대롱대롱 매달린 먹잇감의 발버둥이 지금도 선명하게 느껴진다.
한 치의 흐트러짐도 없이 사냥하는 너의 모습에 혀를 내두르고 만다.
오늘 저녁에는 나도 너의 날 선 거미줄에 찬사를 보낸다.
너는 가히 건축가다.

62

아직도 너의 나선형 집짓기는 끝나지 않았다.
수선하려는 듯 이리저리 마음대로 활개치고 다니는 너의 그 대담함이
그립다.
나는 거미줄처럼 복잡한 지하철만 타도 길을 잃을 것 같은데.
너는 지금 그런 나를 마음 놓고 무시하고 있겠지.
비결이 무엇이냐?

63

우선은 고소공포증 먼저 해결해야 하지 않을까?
그리고 지상과 지하에서의 멀미 정도만 해결할 수 있다면
너 못지않은 스파이더가 될 수 있을지 모르겠다.
스파이더, 오늘 너의 새참은 무엇이냐?
가로등 아래 너의 집은 오늘도 환하게 불을 밝히고 사냥 중이다.
욕심도 많구나.

64

궁금하다 스파이더.
오늘 밤은 너를 연구해 볼 생각이다.
어쩌면 너와 짝사랑에 빠지게 될지도 모르겠다.
내가 아는 너는 그저 사막의 하이에나쯤일지도 모르겠지만

궁금한 것은 참을 수가 없다.
지금부터 너에 대한 검색에 들어갈 생각이다. 너의 흉측함을.

65

일상에서 너의 모습을 항상 마주하고 싶다.
서투르거나 모자란 모습이 너무나 꾸밈이 없어서 좋다.
자꾸만 다가서고 싶은 너.
그러면서도 항상 곁에 있음을 알아차리지 못하는 나.
내가 너무 무딘 탓도 있겠지만 네가 너무 조용한 탓도 있을 것이다.

66

가져간 내 마음 돌려보내지만 말아요.

67

이틀을 무방비 상태로 훌쩍 떠나보내고.
녀석들을 위한 장송곡을 듣고 있다.
오늘도 그저 그렇게 보낼 요량이라면 아예 노트북 앞에는 앉지 않았을
것이다.
그러나 아직은 심심함 그 자체다. 심심해지고 싶은 오늘이다. 어쨌든.

68

어제도 조용히 갔구나.

생각해보면 시간은 쉬어가는 법이 없다.

기다리다가도 순식간에 잊혀버리는 것이 시간이다.

그대가 생각하는 축제는 언제였는가?

이미 잊혀지고 있지 않은가?

기대하는 만큼 시간은 너무도 짧아지고 만다.

어제가 그랬고 오늘이 그랬듯이.

69

기억을 먹어버렸다.

얼마나 잘 소화를 시켰는지 배설조차 되지 않는다.

이렇게 머릿속이 텅 빌 줄이야. 야속함을 탓한다.

조금의 기억이라도 살아 있다면 조각 맞추기라도 할 텐데.

너무도 무리한 모양이다.

그래서 술을 마시면 개가 되는 모양이다. 젠장!

70

탈이 나도 단단히 탈이 난 모양이다.

시간을 먹고 탈이 난 것도 이번이 처음만은 아니다.

이 시간 평온이라는 약을 처방한다.

부디 반성하기를. 부디 다시는 탈이 나는 일이 없기를.
부디 젊음을 싼값에 팔아먹지 말기를.
그럼 사람도 아니다.

71

침침한 눈. 침침한 오후. 침침한 시간.
아무래도 병원에 가봐야 할 듯.

72

왜 자꾸만 오타가 나는지 모르겠다.
오후도 오타 중이다.
시간이라는 녀석도 오타를 낼까?

73

귀뚜라미 소리와 함께 시도 때도 없이 날아오는 하트.
언제부터 날 그렇게 사랑했다고 하트를 날리고 지랄이야.
어쨌든 요즘은 사랑을 안 해도 하트는 수시로 날아다닌다.
사랑할 수 있어서 좋은 세상인가?
게임을 할 수 있어서 좋은 세상인가?
하트 좀 줘!

74

깊어가는 가을밤인가?

여름을 즐기기도 전에 휩쓸고 간 태풍 탓에 계절의 변화를 아직도 실감

하지 못한다.

하긴 언제는 계절을 가려가며 살았나.

가는지 오는지도 모르게 슬쩍 넘어가면 그만이었지.

그래도 올해는 왠지 아쉬움이 남는 여름이었다.

75

오랜만의 휴식이다.

그동안 쉬지 않고 어떻게 걸어왔는지 모르겠다.

오늘은 아무 일도 하고 싶지 않다.

그저 몸 가는 데로 마음 가는 데로 시간을 보내볼 생각이다.

부디 오늘만은 평온할 수 있기를.

오타도 없을 오후이기를 바란다.

76

그냥 너를 바라본다.

바라보는 것만으로도 나는 좋다.

너는 기분 나쁘겠지만.

77

애니팡 중독인가? 하트 중독인가?

아니면 사랑결핍증인가?

도무지 알 수가 없다.

오지 않으면 기다려지고, 오면 짜증부터 나는 건 또 왜인가?

간사하기 짝이 없는 오후가 되어버리고 말았다.

특별한 무언가가 기다려지는 건 또 무슨 심보인가?

78

한 해에 책을 몇 권이나 읽는가?

지하철에서 유독 혼자서만 책 읽는 사람을 보았다.

나머지는 핸드폰과 씨름을 하고. IMF 때도 이 정도는 아니었다.

갈수록 책을 멀리하는 현실에서 마냥 모니터만 바라보고 있다.

언제쯤이면 산 입에 거미줄 치지 않을까?

79

낡은 너의 손 편지를 읽다가

문득 지금 너와 함께이면 어땠을까 하는 생각을 했다.

지금은 누군가의 그가 되었을 너에게 나는 아주 못된 생각을 했다.

내 욕심은 너와 함께 가볍게 향기로운 차 한 잔을 마시며

지난날을 회상하고 싶은 것이다.

80

잘 지내지?

아마도 잘 지내고 있겠지?

나 없이도 너는 꿋꿋했으니까.

생각해보면 너는 슬픈 모습을 보이거나 연약하게 우는 모습을 보이지

않았어.

모르겠다.

단지 내 앞이어서 그런 모습을 보이고 싶지 않았을지도. 너는 언제나 그

랬어.

항상 그리운 사람!

81

이 녀석 오늘 딱 걸렸다.

쥐도 새도 모르게 내 텃밭에 배설을 하고 가는 녀석.

오도 가도 못하는 상황에도 나를 노려보는 당당함에 어이가 없다.

내가 그렇게도 만만했던 모양인가?

나도 덩달아 녀석을 노려보고 섰다.

그런데 녀석이 조용히 쭈그려 앉는다.

82

이 녀석 봐라!

야, 인마!

길고양이 녀석은 오히려 그 자리에 드러눕는다.

어처구니가 없어서 소리를 질렀지만 아랑곳하지 않는다.

울화통이 터져서 녀석에게 겁을 주며 달려가자

녀석이 순간적으로 몸을 웅크리더니 내 다리를 할퀴고 후다닥 도망쳤다.

우라질!

83

내 텃밭은 녀석의 배설에 늘 혼비백산이다.

내 다짐하건대 녀석을 꼭 할퀴고 말 테다.

두고 보자 길고양이.

84

사선으로도 똑바로도 녀석은 서지 못한다.

수족관에서 따돌림을 당하거나 공격을 받으면서도

살기 위해 먹이에 대한 집념을 놓지 못한다.

누운 채로 뱅뱅 도는 녀석을 수족관에서 꺼내야 할까?

그냥 내버려 두어야 할까?

녀석을 보면서 감내하는 고통을 되씹는다.

85

바라보는 고통은 늘 안타깝다.
대신 아파해 줄 수 없을 때는 오히려 더 서럽기도 하다.
아무것도 할 수 없음에 나는 자꾸만 작아지는 것을 느낀다.
밝게 다가서고 싶다.
아무 일도 없었다는 듯이 현실을 회피할 수 없음을
마냥 바라보다가 한숨만 내쉰다.

86

시간은 멈춤 없이 흐른다.
그 흐름 사이에 가을이 흐르고 있다.
흘러가는 강물처럼 가을이 흘러가 버린 후에는
겨울이 소리 없이 쌓이면서 흐를 것이다.
계절을 막을 수는 없다.
계절을 아쉬워하며 나는 막을 수 없는 흐름을 즐기려 한다.
오늘도, 내일도.

87

오늘은 별이 많이도 떴다.
한때는 너도 나의 별이었다.
영원히 가슴에 품을 것 같은 초롱초롱한 별이었다.

하지만 그건 나 혼자만의 생각이었다.

알고 보니 너는 그저 스쳐 지나가는 혜성이었다.

어느 날 문득 그리워하는 혜성이 되어 지금도 주위를 돈다.

88

결국, 녀석은 떠나고 말았다.

며칠을 따돌림 당하다가, 며칠을 아파하다가 그렇게 소리 없이 무너지
고 말았다.

그저 바라볼 수밖에 없었던 나를 자책하면서 수족관에서 녀석을 담담히
꺼냈다.

녀석의 주검을 못 본채 유유자적 일상을 살아가는 녀석들이 무섭다.

89

바라볼 수 있을 때 바라보아야 한다.

언제나 곁에 있는 것이 아니기에 곁에 있을 때 더욱더 그리워해야 한다.

예전에는 그것을 몰랐다.

항상 곁에 있을 것이라고 믿었기에 무심코 돌아서곤 했다.

그래서 떠났는지도 모르겠다.

나는 지금 이 처량한 밤을 바라본다.

90

옷을 뒤집어 입듯이 시간을 뒤집어 입고 말았다.

그런데 어찌 된 일인지 시계의 초침은 자꾸만 앞으로 간다.

착시 현상인가?

앞으로만 가지 말고 뒤돌아 뛰어가라!

나는 전혀 말릴 생각이 없다.

개중에는 성내는 사람도 있겠지만 나는 뒤돌아 뛰어가고 싶다.

91

보고 싶다.

하지만 사진으로밖에 너를 볼 수가 없다.

그리워하면 할수록 그리움은 더 간절하기만 하다.

언제든 달려가서 너를 볼 수 있었으면 좋겠다.

하지만 그럴 수 없기에,

내가 가야 할 길을 네가 먼저 갔기에 나는 그저 슬프기만 하다.

바보 같으니!

92

녀석들은 제각각이다.

주어진 시간 또한 제각각일 것이다.

나는 그 제각각이 좋다.

인위적이고 획일화 되지 않아 자유로울 수 있다는 생각이다.
그래서 혼자인 것을 즐기는지도 모르겠다.
제각각의 그 어디쯤을 걸으며 나는 의식하지 못함의 뻔뻔함을 즐긴다.

93

너에게로 가다가 나는 그만 그 어중간에서 멈추고 말았다.
나는 지금 그 어중간을 뒤늦게 걷는 중이다.
젊음을 무기로 객기를 부리던 때가 엊그제 같은데.
아직은 젊다고 오기를 부리지만 시간이라는 녀석이 빤히 바라본다.
녀석을 속일 수 없음이 안타깝다.

94

하이힐을 신어봐, 네 뒷모습이 더 예쁘니까.
대신 둔탁하다기보다는 경쾌하게 걸어,
그러면 나만 기억할게.
넌 언제나 그렇더라.
내가 기억하고 간직하고 싶은 것을 네 스스로 거부해.
너는 내 머릿속의 숨은 암코양이야.

95

자연스럽게 다가가고 싶어.

방법을 몰라서 나는 늘 네 주위만 어슬렁거렸지.

그러다가 나는 그만 수렁에 빠져 버렸어.

그 무서운 짝사랑!

네가 올 때도 갈 때도 난 그냥 보고만 있었지.

다가갈 생각을 하지 못했어.

그러다가 네가 떠나버린 날 난 울었어.

96

지금은 모기와 전쟁 중.

쥐도 새도 모르게 내 피를 흡혈하고 소리 없이 사라지는 녀석들.

한여름에도 없던 모기가 제철 만난 양

지난여름에 꾸민 음모를 착실하게 수행 중이다.

녀석들의 지독한 음모에 내 머릿속의 미친개만 달려 나와 짖을 뿐이다.

97

너는 항상 나를 지켜보고 있다.

하지만 방심은 하지 마라.

네가 보는 것은 내 겉모습뿐.

제아무리 네가 나를 꿰뚫는다 해도 내 속은 볼 수 없을 테니

그동안 나도 너를 지켜보고 있다는 점 잊지는 마라.

자만에 빠져 거울을 보고 있는 너에게 경고한다.

98

언제부터 너만을 바라보기 시작했는지 모르겠다.
바라보면 볼수록 익숙해지는 것도 알지 못했다.
어느 날 문득 내 옆에 서 있는 너를 발견했을 때는 이미 늦고 말았다.
사랑은 소리 없이 다가온다.
오라고, 가라고 할 틈도 없이 익숙해지는 것이 사랑이다.

99

시간이 완연하다.
계절도 완연하고 그 속을 걷고 있는 나도 망설임이 없다.
가끔 뒤돌아 볼 때면 내가 걷고 있는 이 길이 겁날 때가 있다.
아직은 정해지지 않은 길.
걸어가야만 알 수 있는 길 위의 인생이 어떻게 그려질지
기대가 되면서도 걱정스럽다.

100

아직도 너에게 가는 길을 찾지 못하고 헤매는 중이다.
슬슬 걱정되기도 하지만 언젠가는 너에게로 가 있을 것이다.
가까이 다가서면 더 멀어지고 마는 너와의 숨바꼭질도
아쉽게 끝나게 될지도 모르겠지만,
그동안은 계속해서 즐겨볼 생각이다.

꼭꼭 숨어라.

101

그윽한 녹차 한 잔을 즐기는 시간.
여유로운 시간이지만 왠지 마음이 춥다.
계절 탓인가?
내 머릿속에서 깡패가 나타나 무차별 폭행을 저지르고 있다.
녀석은 그것도 모자라 조폭을 부를 기세다.
나는 녀석을 곱게 접어 쓰레기통에 버릴 생각이다.

102

내 머릿속의 미친개 한 마리가 짖을까? 물까? 망설이다가 꼭꼭 숨어버렸다.
녀석은 대체 어디로 간 것일까?
어쨌든 녀석이 짖건 말건 상관하지 않을 생각이다.
녀석의 심보는 변덕이 심해서 언제든 튀어나와 나를 물 것이다.
나는 녀석의 공간 속을 엿본다.

103

어디든 떠나고 싶다.
그 목적지가 너의 마음속이었으면 좋겠다.

하지만 너의 분주함에 나는 너의 주위를 싱겁게 어슬렁거릴 뿐이다.
다가설 수 없음에 화나는 저녁.
무엇을 할까 고민하다가
텅 빈 카페에 앉아 커피 한 잔을 시켜놓고 너를 기다리는 중이다.

104

오늘은 한참 너를 쫓아다녔다.
그런데도 너는 나를 의식하지 않는다.
미련한 사람!
가까이 다가서도 내 존재를 까맣게 잊어버리는 너의
마음을 나는 어떻게 사로잡을 수 있을까?
나는 기다릴 작정이다.
그러다 보면 언젠가는 나를 인식할 수 있을 테니까.

105

집도 크게도 지었다.
자기 몸의 수백 배에 달하는 집을 짓고 저녁거리를 노리는 중이다.
비바람이 쳐도 녀석은 보수작업을 게을리 하지 않는다.
거미줄에 걸려 발버둥치는 먹잇감을 시간을 두고 지켜보는 영악한 녀석.
오늘은 녀석에게 방세라도 받아야겠다.

106

음흉한 눈으로 나를 바라보는 이 새벽이 고역이다.

가을의 중턱에서 사라져버린 환절기.

나는 그 환절기를 몹시도 만나고 싶다.

그러나 시간의 흐름에 갇혀 이도 저도 못하는 내가 미련스럽기만 하다.

가까이 다가서기도 전에 저만치 줄행랑치는 네가 밉다.

107

무엇을 더 바라겠는가?

어쩌면 지금이 이 세상에서 가장 행복한 시간일지 모르겠다.

지금보다 불행해지지 않기를 바랄 뿐이다.

배부르면서 허기를 느끼는 것이 행복이 아닐까?

바로 지금을 돌아본다.

나는 행복한가?

지금의 불행이 돌아보면 행복일 수도 있겠다.

108

어제를 새까맣게 태워 버렸다.

먹을 수 없어서 음식물쓰레기통에 내다 버렸는데 왠지 찜찜하다.

조금 뜸을 들인다는 것을 잊고

그냥 잠을 자 버렸는데 아깝게 시간을 놓치고 말았다.

오늘은 신경 써서 맛있게 조리해 볼 생각이다. 후회 없는 하루가 되도록.

109
❧

시간은 왜 적당히 흐르는 법이 없는 걸까?
적당히 흐르다가 어느 외진 곳에서 잠시 쉬어갈 만도 한데.
시간을 멈출 수만 있다면 잠 한번 늘어지게 자고 싶다.
그러지 못해서 나는 늘 쪽잠을 자곤 한다.
나 스스로 적당히라는 것을 만들지 못함이 아쉽다.

110
❧

시간이 과 호흡이 되어 버렸다.
비닐봉지로 호흡을 조절해 보지만 턱도 없다.
공황 속에 빠지기 일보 직전이다.
그 녀석 참 속도 많이 썩인다.
제 스스로도 모자라 나까지 넘보는 녀석의 욕심에 이끌리는 내가 한심
스럽다.
나는 시간에 달라붙은 껌딱지다.

111
❧

중독되어 버렸다.
그래서 행복한지도, 사랑에 허덕이고 있는지도 알아차리지 못하고

바삐 걷기만 한다.

일상의 단조로움에 스스로 힘겨워하는 나날들.

어디론가 훌쩍 떠나고 싶은 가을이다.

가을을 안주 삼아 쉴만한 곳 어디 없나?

나는 벤치를 찾는 중이다.

112

요란스럽게도 굴러간다.

시간도 소리를 낼 수 있구나.

귀를 막고, 입을 막고, 눈을 감고 요란스러운 소리를 듣는다.

그중에서 녀석의 목소리가 가장 크다.

나는 녀석과 절교를 선언한다.

내가 듣고 싶은 소리는 크지도 작지도 않은 평온함이다.

굿바이.

113

시간을 한 손에 움켜쥐고 뜯기 시작한다.

배부르지도, 그렇다고 배고프지도 않지만

뜯어 먹다 보니 습관이 되어버리고 말았다.

뜯어 먹지 않아도 어차피 저절로 익고 스며드는 것이 녀석이다.

절대로 멈추는 법이 없는 네 녀석의 엉덩이를 걷어차고 싶다.

114

도마에 시간을 올리고 무슨 요리를 할까 생각 중이다.
그러나 칼이 문제다. 질긴 시간을 회 뜨기에는 칼이 너무 무디다.
내가 가지고 있는 칼은 모두가 하나같이 이가 나갔거나 뭉뚝하다.
시간을 요리한다는 것은 어쩌면 억지인지도, 무리인지도 모르겠다.

115

저절로 익숙해져 버렸다.
이제는 흐름에 민감하지 않다.
제아무리 빨리 달려도,
제아무리 게으름을 피워도 하루로 일축해 버린 지 오래다.
오늘도, 내일도, 모래도 그날의 하루일뿐이다.
둔감한 하루를 살아가고 있는 나 자신을 보면서 오늘도 일탈을 꿈꾼다.

116

기억이 먹먹하다.
지난밤 내 머릿속의 미친개가 다녀간 것 같기도 하고.
조각난 기억을 퍼즐 맞추듯이 맞추는 중이다.
그런데 통 기억이 나지 않는다.
결국, 찾지 못한 채 이리저리 전화를 돌려 본다.
아무 일 없었단다.

아쉬운 것은 조각난 기억이다.

117

_____

녹차가 그윽하다.
지난밤을 탓하며 여유를 가져 보지만 도통
여유라는 녀석이 손을 내밀지 않는다.
고장 난 CCTV를 바라보고 있는 느낌이다.
아무래도 머릿속 한구석에 새로운 CCTV를 달아야 할 것 같다.
내 머릿속의 미친개는 더욱더 거대해져 가고.

118

_____

녀석은 부재중이다.
아무리 기다려도 녀석은 나타날 생각을 하지 않는다.
그냥 이대로 말 한마디 없이 떠나버린 것인가?
나는 녀석의 뜰 앞을 서성이다가 그만 뒤돌아서고 만다.
다시는 만날 수 없을지도 모르겠다.
하지만 만남이 있으면 이별도 있는 법!

119

_____

골목길을 벗어나 시장으로 들어서고 말았다.
사람 사는 냄새가 향기롭다.

시장에 와야만 잊고 지내던 향기를 맡을 수 있다.
너무 바삐 걸어가고 있는 탓일까?
오늘은 이곳에서 많은 시간을 보내 볼 생각이다.
함께 할 수 있는 친구 한 명쯤 있었으면 좋겠다.

120

며칠이 흘렀는지 모르겠다.
너무 무리했던 탓이다.
며칠 밤낮이 순식간에 흘러가 버렸다.
시간을 날로 먹은 셈이다.
비가 내리고, 가을비인가? 겨울비인가?
중요치는 않다.
시간을 감지할 수 있음이 행복이다.
너에게로 가는 길은 멀고도 험하다.

121

다가서면 저만큼 도망쳐 버리고 마는
너의 발자국을 따라 걷는다.
언제나 너는 도망치려 하고
나는 언제나 그런 너를 맨발로 쫓아다닌다.
언제쯤 이 길고도 긴 여정이 끝날까?
어쩌면 우린 지금 평행선을 달리고 있는지도 모르겠다.

바람 불어 슬픈 날이다.

122

벌써 오늘도 질려 버렸다.
왜 이렇게 하루가 발랄하지 않은지 모르겠다.
불면 때문만은 아닐 것이다.
불면을 핑계로 하루가 질려버렸다고 생각하는 심보가 글러 먹었다.
그윽한 녹차 한잔으로 하루를 다시금 달래본다.
뭔가 벌어질 것 같은 이 불안함은 뭔지?

123

혁신이 필요하다. 그런데 시간이 문제다.
말다툼만 하다가 오늘이 지나갈지도 모르겠다.
징그러운 오늘, 그리고 또 내일.
시간은 한없이 흘러만 가고 결코 멈추는 법이 없다.
시간의 블랙홀로 빠져버리고 싶은 오늘이다.
어쨌든 시간은 알아서 흐른다.

124

지금 만나러 갑니다.
왜 그동안 만나야 한다는 생각을 하지 못했던 것일까요?

우리 앞에 서 있던 장벽이 아무래도 튼튼하거나 높아서였을 겁니다.

이제는 개의치 않겠습니다.

지금은 당신을 만나야 한다는 생각뿐입니다.

그 자리에 당신이 서 있기를 바랍니다.

125

스산한 바람이 붑니다.

당신이 내게로 왔을 때처럼.

녹차를 마시면서 당신을 생각합니다.

당신도 어디에선가 나를 그리워하고 있을까요?

우리의 그리움이 하나가 된다면 또다시 만날 수 있을까요?

내 욕심이 큰 탓으로 당신을 스산하게 뒤흔들고 싶지는 않습니다.

126

줄지어 걸어가는 내 모습을 꿈속에서 보았다.

식은땀으로 깬 꿈속의 그 끝이 궁금하다.

하지만 다시는 그런 꿈을 꾸고 싶지는 않다.

지금도 충분히 줄지어 서서 걸어가고 있는데

꿈속에서도 줄지어 걸어가야 한다니.

녹차로 겨우 꿈속의 나를 달래는 중이다.

127

술이 나를 먹어버리고
이때다 싶어 미친개가 실컷 짖어대던 지난밤이
아직도 귓가에서 매미처럼 울어댄다.
왜 차라리 비웃지 그러니?
배웅해 주지는 않았지만 녀석들이
서둘러 도망쳐 버린 내 머릿속은 아직도 공황 속이다.
다시는 만나고 싶지 않은 녀석들이다.

128

바람 불어 좋은 날이 있었다.
취할 때까지 술을 마시고 지칠 때까지
마냥 걷던 청춘은 나에게도 있었다.
그땐 어릴 적이고 청춘은 지금부터 인지도 모르겠다.
창문을 여는 순간 신축건물의 플래카드가 요란하게 운다.
내 머릿속 미친개가 비아냥거리는 것처럼.

129

휴대전화가 왜 밥을 주지 않느냐고 투정부리며 삐쳐 있는 중이다.
까짓 거 하루쯤 밥 굶는다고 어디가 덧나?
진즉 네가 요물덩어리였다는 것을 알았다면

애초에 내 수하로 두지는 않았을 것이다.
시도 때도 없이 앙탈 부리는 너 때문에 또 열 받는다.

130

오늘의 단어는 글쎄!

131

첫눈 오면 만나자던 그녀.
그런데 나는 아직도 첫눈의 의미를 깨닫지 못하고 있다.
어느 정도의 눈이 와야 첫눈인지?
가늠할 수가 없어서 아직도 그녀를 만나지 못하고 있다.
또 어느 지점을 기점으로 눈이 와야 첫눈인지
알 수가 없어서 방황하는 중이다.

132

집을 나선지 한 시간 반 만에 집에 들어왔다.
동네 한 바퀴 돌듯 병원과 약국을 돌아
가득한 약봉지를 들고 귀환이다.
예전에는 전혀 필요도 없던 약이다.
하지만 지금은 쥐도 새도 모르게 달라붙은 껌처럼
내 젊음의 뒤안길에 달라붙어 있다.

이런 제기랄!

133

나는 항상 이 자리에 있었어.
네가 떠날 때도 그랬고,
네가 돌아올 때도 항상 여기에 서 있었지.
이제는 영영 떠나가 버린 거니?
그래도 나는 항상 여기에 서 있을래.
네가 돌아올 곳이 이곳이란 걸 알고 있기 때문이야.

134

네가 돌아올 곳이 쓸쓸하지 않았으면 좋겠어.
언젠가는 돌아올 거라는 걸 알아!
그래서 나는 지칠 수가 없는 거야.
외롭더라도 참고 이겨낼 수 있는 거야, 바보야.
나는 여기에 가만히 서 있을 테니
가끔은 나를 한 번씩 기억해 줘.
알았지? 미안해!

135

적막 속에 숨 쉬는 소리만 들린다.

너를 바라보다가 나인 너를 바라보며 먹먹해진 어제를 생각한다.

누군가 다녀간 것 같기도 하고

또 누군가가 다녀갈 것 같기도 한 시간.

바라보는 것도 이제는 지쳤다.

손을 맞잡고 함께 걸어가는 꿈을 꾸어 본다.

136

작업 노트가 사라졌다.

녀석은 도대체 어디로 숨어버린 것일까?

한바탕 소동이 벌어졌다.

아직 녀석의 종적을 확인할 수가 없다.

집을 나간 것일까?

그러나 녀석의 힘으로는 작업실을 벗어날 수가 없다.

그렇다면 녀석은 작업실 어딘가에 꼭꼭 숨은 것이다.

137

가끔은 아주 가끔은 부재중도 좋다.

하지만 너무 긴 부재중은 싫다.

당장은 작업 노트가 없으니

다른 노트에 대신 생각나는 스토리를 기록해 본다.

그러나 마음이 내키지 않아 문장은 자꾸만 끊어지고 만다.

나는 오늘에야 비로소 작업 노트에 연연한다.

138

불면이 자꾸만 살을 찌운다.
시간을 좀 먹는 대신 온갖 군더더기들을 내 몸속에 채워 넣는다.
녀석을 위해 다이어트를 생각해 냈지만
녀석은 쓰레기봉투에 쓰레기를 채우듯
온갖 욕설로 나를 비난하면서 뻔뻔하게 바라본다.
녀석과 익숙해진 나날들이 혀를 찬다.

139

언제까지나 기다리기로 했다.
돌아오지 않아도 좋다고 했다.
하지만 시간을 밟아 가면서 내가 조금은
손해를 보는 것은 아닐까 하는 생각이 든다.
영원히 돌아오지 않을지도 모른다는 불안감,
그래, 너는 돌아오지 않기 위해 떠난 것이다.
나에겐 미련만 남을 뿐이다.

140

비에 젖어 빗질에 쓸리지도 않는
은행잎을 쓸고 있는 너를 보았다.
가까이 다가갔을 때 너의 얼굴에 송골송골 맺힌

땀방울을 보면서도 나는 안타까움을 내색할 수 없었다.

얼마나 더 깨끗해질 수 있을까?

너는 내년 오늘도 그 자리에 서 있을 것이다.

나도.

141

녹차를 마실까?

커피를 마실까?

생각하다가 둘 다 모두 마시기로 했다.

두 가지에 묻어나는 간사함이 싫어서.

142

흰 머리카락이 많이 늘었네요?

네. 세월이 나를 가만두지 않네요.

한 때는 세월도 빗겨 가리라 생각했었죠.

그런데 살다 보니 젊음이 눈송이처럼 쌓이네요.

어디는 첫눈이 내렸다는데.

세월은 첫눈이 쌓이면서 문득 나이 먹는 것을

느끼게 하는 모양입니다.

143

주홍빛 석양에 너를 묻었다.
이제는 석양을 바라보면 눈물조차 메말라버렸다.
가슴에 묻은 것이 엊그제 같은데.
사랑도 메마를 수 있다는 것을 알았다.
사랑이 그리움으로 변한다는 것도 알았다.
그러나 그리움이 변하면 텅 빈 가슴에는 먹먹함만 남을 뿐이다.

144

너의 뒤태를 지켜보는 중이다.
아무렇지도 않은 척 지나친 너의 뒷모습은
다시금 나를 뒤돌아보게 한다.
시간이라고 단정하기에는
너무도 아름다운 모습에 지난 내 발자취를
감상하기도 하면서 네게 슬림진을 입혀보기도 하고
미니스커트를 입혀보기도 한다.

145

지금은 결정을 내려야 할 시간이다.
그것은 이미 예전부터 시작되고 있었다.
느끼지 못하고,

예견하지도 못했을 뿐이지
시간은 그냥 흐르는 법이 없다.
그냥 흐지부지 흘러가고만 있었다면
시간은 존재할 가치를 잃었을 것이다.
문제가 있다면 자신을 탓하라!

146

시간이 이빨 사이에 꼈다.
이쑤시개로 아무리 빼내려 해도 빠지지 않는다.
양치질을 해보지만 소용이 없다.
시간을 고기 씹듯 맛있게 먹은 모양이다.
그래도 그렇지 이빨 사이에 껴서
신경 쓰이게 하는 녀석은 영 개운치가 않다.
당신의 오늘 아침은 어떤가?

147

밤이 새도록 당신이 오기만을 기다렸습니다.
한숨도 자지 않고 당신을 기다렸지만,
당신은 오지 않았습니다.
기다리는 것도 이제는 지쳐갑니다.
언제 오겠노라고 답신이라도 보내주면 좋으련만.
무심한 당신이라서 그나마 다행입니다.

오늘도 기다림을 사색합니다.

148

군더더기 많은 욕심을 훌훌 털어보는 아침입니다.
풋풋한 녹차의 맛처럼 차분해지고 싶은 아침입니다.
그러나 바쁜 것은 싫습니다.
서두르는 것도 싫습니다.
욕심을 털고 보니 게으름이 남았습니다.
그래도 지난밤처럼 지루하지 않아 좋습니다.
이제 시작입니다.

149

오늘도 시나리오를 준비합니다.
나름 시나리오는 그래도 썩 괜찮습니다.
시나리오대로 오늘이 흘렀으면 좋겠습니다.
오늘의 시나리오는 평온함입니다.
당신의 시나리오는 괜찮습니까?
어쨌든 내일도 이 시간에 당신을 만났으면 좋겠습니다.
안부는 그때 묻겠습니다.

150

보는 관점에 따라서 세상은 변한다.

시간의 내면을 보느냐?

외면을 보느냐?

과연 나는 어느 쪽에 더 치우쳐져 있는가?

수박 겉핥기식으로 나는 외면에 더 치우쳐져 있었던 것 같다.

나는 내면을 보면서 나에게 조금 더 많은 시간을 투자할 가치가 있다.

지금 당장!

151

너의 뒷모습을 보았다.

왜 그렇게 초라하고 쓸쓸해 보이는지

모르겠지만 나는 차마 너의 손을 잡아주지 못했다.

지금에 와서 후회하는 건 너에 대한 간절한 그리움 때문이다.

차라리 있을 때 잘할 걸!

시간은 지나가면 그만이다.

절대 돌이킬 수 없음이다.

152

당신은 오늘도 안녕하십니까?

저도 오늘은 안녕합니다.

당신의 포근하고 아늑한 밤을 잠시 엿보다 왔지요.
불면은 늘 당신을 엿보게 합니다.
그래도 어쩔 수 없는 것 이해해 주세요.
혹시나 당신에게 무슨 일이 생기지나 않았나?
걱정하는 것보다는 나으니까요.

153

당신을 그리워하는 지난밤이었습니다.
어떻게 지낼까?
당신도 가끔은 나를 그리워하겠지요?
걱정하지 마세요.
당신이 떠날 때보다 더 건강하고 밝아졌으니까요.
한 때는 당신 없이 아무 일도 할 수 없었을 것 같았습니다.
그러나 지금은 꿋꿋한 나일뿐입니다.

154

녀석은 내 머릿속 한쪽의 정원을 소리 없이 다녀갑니다.
도둑고양이 녀석.
오는 것은 막지 않겠습니다.
문제는 배설입니다.
온갖 찌꺼기를 배설하고 아무 일도 없었다는 듯
슬머시 되돌아간다는 것이 못마땅합니다.

녀석을 잡기 위해 나는 덫을 놓습니다.

155

당신은 아직도 운명을 시험하고 계십니까?
그건 별것 아닙니다.
굳이 시험하지 않더라도
살다 보면 알게 되는 것이 운명입니다.
문제는 노력입니다.
당신이 지금 이 순간 아무것도 하지 않고 있다면
당신의 운명은 시험할 가치가 없습니다.
그냥 순응하세요.

156

사랑을 묻었다.
그리움을 삼켰다.
그러다가 그냥 걸었다.
막연히 걷다 보면 무언가
알 수 있을 것 같기도 했다.
젊음이 시들어 가는지도 모르면서 사랑을 견주었다.
걱정없이 잘 살아가고 있는 너를 보면서 안도했지만
정작 나는 나에게 너무도 비관적이었다.

157

너를 마냥 바라보다가,
다가가지 못하고 되돌아섰다.
탕진해 버린 젊음이 안타까울 따름이다.
그러면서 하루도 빠짐없이
너에게 다가가지 못해 안달하는 나를 발견한다.
도대체 어디에서부터 잘못된 것인가?
문제는 집착이었다.
너에게 다가가야 한다는 강박관념!

158

나,
오늘도 여기에 서 있다.
항상 같은 자리지만 시간은
결국 나를 빗겨가지 않았다.
나를 정면으로 바라보며 마치
누가 지치기라도 하는 양 뚫어지게 바라보고 있다.
녀석의 그 눈길이 싫어서 나는 돌아서고 만다.
앞으로 내가 서 있을 자리를 생각하면서.

159

시간이 마냥 부족하다.

핑계를 대려고 해도 마땅한 핑계거리도 없다.

겨울을 온전히 받아들이는 수밖에 별도리가 없다.

주위는 찬바람으로 휑하고,

지나가는 이 없어 눈길도 마주치지 못하는 새벽.

무엇인가를 꾸미려 작당을 벌이는데.

그것참! 서운하다.

160

지난밤 시간을 가마솥에 넣고

팔팔 끓이다가 깜빡 잠이 들었다.

고작 30분쯤 잤을 뿐인데 시간은 많이도 졸아 있었다.

그래서 불 조절이 필요한 모양이다.

내 인생에서 불 조절에 실패할까 봐

조마조마한 새벽.

이 새벽에는 잠시 내게 여유를 부려볼 생각이다.

161

너도 참 많이 늙었구나.

네 나이를 나는 추정할 수 없으나

그동안 고초도 많았을 것이다.
그런데 왜 내게로 와서 찬바람 투정이냐?
너의 투정은 아주 폭넓어서 나뿐만 아니라
이 세상의 그 누구에게도 변함이 없다.
계절 탓이 아니다.
네 본래의 탓이다.

162

도심이 막 눈을 뜨려 하는
지금 이 시간이 좋다.
그리고 항상 흠잡을 곳 많은 세상이 심심하지 않아 좋다.
지난밤 무슨 일이 있었는지 궁금해서 뉴스를 본다.
때론 시답지 않게 흐르다가도 품을만한 스토리를
덥석 먹어버리는
세상이 얄밉기도 한 시간이다.

163

지켜보고 바라보다가 외면해 버리는 너.
어제도, 오늘도, 내일도
너는 항상 그런 식으로 나를 쳐다보고 있을 것이다.
무언가 빌미를 잡아 욕을 퍼부을 것 같은 너를
나는 부추기지 않을 작정이다.

그래도 너는 악착같이 내 어깨를 짓누르겠지.

너는 운명이다.

163

오늘 즈음 시간이 배탈 났으면 좋겠다.

녀석이 화장실을 들락거리는 사이

나는 그녀와 첫 키스를 하고 싶다.

녀석이 게으름 피우는 것을 보고 싶고,

녀석이 안달 나서 안절부절못하는 것이 보고 싶다.

그 사이 나는 그녀와 사랑을 배불리 먹을 것이다.

오늘!

164

시간을 돈으로 계산하는 인타임.

인생은 도대체 얼마를 지불해야 되돌려 받을 수 있을까?

값을 매길 수 없는 것이 우리네 인생사이기에

한 걸음 내디딜 때마다 두드려 봐야 한다.

섣불리 걷다가 어느 틈엔가 낯선 골목에 서 있는

자신을 원망하지 않기를.

165

너에게 나는,

나에게 너는 운명이었다.

그렇지 않았다면 우리의 인연은 주어지지 않았을 것이다.

나는 너를 업고 다닐 작정이다.

그러나 너는 정작 나에게 업히지 않는다.

과연 나만의 생각이었을까?

어쨌든 나는 너를 그리워하다가 말 작정이다.

사랑한다!

166

강아지가 멍멍 운다.

고양이가 야옹야옹 짖는다.

이 이른 아침에 모두가 뒤섞인다.

그렇거나 말거나 우리의 아침은 서두름이다.

모든 것을 예사로 넘기기 일쑤다.

그래도 한 번쯤은 눈여겨보기를.

간혹 내가 느끼지 못했던 아침이 눈을 뜰 터이니.

긴장하라!

167

오늘은 김빠진 콜라다.

식은 커피처럼 맨숭맨숭 거린다.

축제는 이미 시작되었지만, 흥이 나지 않는다.

갑자기 사람이 바뀌면 일찍 죽는다는데.

오늘이 그렇다.

그래도 오늘은 온전히 남을 것이다.

오늘을 되새김질하며 걸어가자.

이대로 포기할 수는 없다.

168

이 이른 새벽에 거미는 무엇을 하고 있을까?

거미줄도 군데군데 끊어져 보수해야 하는데.

지난여름 그 웅장했던 거미줄은 형편없이 망가져 버렸다.

마치 폐가처럼.

그래도 녀석은 꿋꿋하게 버티고 있었는데.

녀석은 이 겨울의 기아를 곱게 이겨낼 수 있을까?

169

맑게 갠 내 머릿속에 누군가 문을 두드리고 들어왔다.

문제는 내가 아직 손님을 받을 여력이 없다는 것이다.

공황이라는 녀석은 내 머릿속을 배회하다가 되돌아갔다.
녀석을 혼쭐내줄 생각을 한다.
그런데 아무리 생각해도 별다른 생각이 나지 않는다.

170

꼼짝달싹 못하게 묶어놓고 너는 저울질 중이다.
한 치의 흔들림도 너는 용납하지 않는다.
거울 속의 너와 거울 밖의 나.
자세히 보면 거기서 거기지만 실물이 더 자유롭다.
거울 속의 내가 자유롭기를 바라며
나는 시간을 곱씹는다.
세상은 아직 살만하다.

171

오늘은 맑음.
혹시나 흐린 곳이 없나 머릿속을 이 잡듯이 뒤진다.
한쪽 구석에 쌓여 있는 쓰레기더미들.
언젠가는 소각해야 할 것들이다.
파리가 들끓는 쓰레기더미에 숨어 있을
도둑고양이를 찾아본다.
없다.
녀석은 낌새를 알아채고 벌써 도망친 모양이다.

172

오늘의 날씨는 흐림이다.

아직은 겨울인지 늦가을인지 분간하기 어려운 어정쩡한 시간.

녀석은 막힘없이 흐른다.

문득 내년에 이곳에 서 있을 나를 생각해 본다.

어쩌면 나를 알아볼 수 없을지도 모르겠다.

사람 일이란 알 수 없기에.

다가올 나를 기대해 본다.

172

머릿속에 아직도 온전히 남아 있는

너를 잠시 꺼내본다.

사진첩에조차 없는 너.

이럴 줄 알았으면 사진이라도 많이 찍어 놓을 걸 그랬다.

어쨌든 얼굴이 생각나지 않는 너를 생각하며 녹차 한잔을 마신다.

가만히 두고 보면 너는 언제나 한쪽에 멈추어 있다.

173

이럴 줄 알았다.

손을 잡고 함께 걸어가자던 너는

할 말이 많을지 모르겠지만 나는 더 이상 할 말이 없다.

손을 먼저 놓은 것은 바로 너다.
그러면서도 내 기억 속에서 존재감을 부각시키려는
너를 원망하지 않을 수 없다.
따지고 보면 내가 미련한 탓이다.

174

이제야 비로소 너를 떠나보낼 작정이다.
너에게 보냈던 나도 찾아올 생각이다.
더는 기다릴 시간이 없기 때문이다.
그러나 온전히 너를 떠나보낼 수 있을지 걱정이다.
미련 많은 나의 간사함에 이젠 나도 지쳤다.
부디 미련 없이 떠나기를 바랄 뿐이다.

175

바라보지 말기,
뒤돌아서기,
앞만 보며 걸어가기.
내가 할 수 있는 일은 그것밖에 없다.
처음으로 돌아갈 수 없기 때문이다.
미련스러움을 버리기로 했다.
하지만 너는 항상 그 자리에 서 있을 것이다.
네가 되지 않기 위해 나는 열심히 걸어갈 것이다.

176

겨울을 실감하는 오늘이다.

마음이 식었고 옆구리가 허전하다.

베개를 끌어안아 보지만 식은 마음은 어쩔 수가 없다.

주전자에 마음을 담아 팔팔 끓여 보지만

식은 마음은 드라이아이스처럼 냉랭하기만 하다.

오늘은 마음을 따듯하게 해 줄 누군가를 찾아봐야겠다.

꼭.

177

시간이 하혈하는 시간을 노린다.

하지만 녀석은 아픈 법이 없다.

감기도,

몸살도 걸리지 않는다.

해서 아프면 나만 손해다.

녀석은 내게 주어진 시간만을 노린다.

때론 불쾌하기도 하지만 순리를 역행할 수는 없는 법.

오늘을 마음대로 써봤으면 좋겠다.

178

넋을 잃고 시간을 멍하니 바라본다.

179

무작정 걷는 것도 이제는 지쳤다.
어차피 시간의 틀에 갇혀버렸기 때문에
그 한도 내에서만 빙빙 돌 뿐이다.
그렇다고 녀석을 탓할 수도 없다.
탓한다면 나 자신을 탓해야 한다.
무작정 탕진해 버린 내 젊음이 그립다.
어쨌든 시간은 차곡차곡 쌓여간다.
징그러운 녀석.

180

주인을 잃은 거미줄은 흉가로 변하고.
녀석은 도대체 어디로 간 것일까?
녀석은 언제쯤 다시 자신의 집을 가질 수 있을까?
녀석의 집짓기가 부러운 오늘이다.
아무리 찾아봐도 녀석은 보이지 않는다.
그러나 어느 날 갑자기 녀석은 건축을 시작할 것이다.

181

녀석이 뱉어 놓은 껌을 밟고 말았다.
이 더러운 느낌은 뭔가?

녀석은 틈만 나면 껌을 사방으로 뱉어 버린다.
녀석과 함께 걸어가다 보면 주의를 기울여야 한다.
기회가 있다면 시간이라는 녀석의 뺨을 실컷 갈겨주고 싶다.
녀석의 빈틈을 노려본다.
바로 지금이다.

182

캐럴을 들어도 밋밋하기만 하다.
청춘을 턱없이 탕진한 탓일까?
캐럴은 더 이상 술렁이지 않는다.
가슴이 차갑게 얼어버리고 말았기 때문인지도 모르겠다.
내 어린 동심은 대체 어디로 가버린 것일까?
오늘은 내 차분한 동심을 찾아 무작정 걸어볼 생각이다.

183

당신을 기다립니다.
그러나 당신은 오지 않을 겁니다.
먼 길로 떠나버린 당신의 뒷모습이 아직도 생생합니다.
오지 않을 걸 알면서도 미련스럽게 기다리는 것은 그리움 때문입니다.
오늘따라 그리움이 왜 이렇게 쓴지 모르겠습니다.
그곳에서 잘 지내고 있나요?
내 생각은 하고 있나요?

184

겨울비는 소리 없이 내리고
그리움은 절망으로 변한다.
누군가와 수다라도 떨고 싶지만,
전화벨은 울리지 않는다.
가까이 다가가고 싶어도 다가갈 대상이 없다.
오라는 곳은 없는데 가고 싶은 곳은 많고,
막상 가려 하면 발길이 떨어지지 않는다.
다 너 때문이다.

185

그러고 보니 속을 모두 게워냈다.
텅 빈 공간에 홀로 앉아 누군가가
들어와 주기를 바라지만 너무도 큰 구멍이 생겨서
들어오기도 전에 나가버릴 것만 같다.
이 불안함은 대체 뭔가?
너를 떠나보내기 전에는 이렇지 않았다.
보고 싶다. 그리고 네가 밉다.

186

내 머릿속의 술 취한 미친개에게 물리고 말았다.

처방전도 나오지 않아 끙끙 앓고 있다.

그래도 후회는 없다.

기억을 잃지 않았다면 아마도 난타전이 되었을 것이다.

아,

머릿속이 시퍼렇게 멍들어 통증을 동반한다.

다음에는 내가 먼저 물어주고 말 테다.

187

보고 있나요?

나는 항상 당신을 보고 있습니다.

나만 바라보고 있다는 사실이 억울할 때도 있었습니다.

하지만 뒤돌아 봐주지 않는 당신을 원망하지는 않습니다.

아주 가끔은 뒤돌아 봐주세요.

그래야 내가 길을 잃지 않고 당신을 찾을 수 있을 테니까요.

188

아무리 기억해 내려 해도 당신이 기억나지 않습니다.

오늘은 당신을 되짚어 볼 생각입니다.

하지만 어디에서부터 당신의 실마리를 찾아야 할지 막막합니다.

사진 한 장이라도 있었으면 좋았을 것을.

내겐 당신의 흔적이 남아 있지 않습니다.

어떻게 해야 하나요?

189

옷은 따뜻하게 입었나요?

날씨가 내 마음만큼이나 상당히 춥습니다.

기억하나요?

당신은 어디에선가 오늘을 후회하고 있을지도 모릅니다.

내가 이렇게 당신을 기억하듯이

당신도 한 번쯤은 내 생각을 하겠지요.

걱정하지 말아요.

난 당신을 원망하지 않으니까요.

190

한때는 선택이 문제였다.

그렇다고 지금에 와서 후회하는 것은 아니지만,

아직도 미련만은 남아 있다.

앞으로도 선택의 시간은 존재한다.

그동안 미련도 차곡차곡 쌓일 것이다.

후회하지 않기 위해 오늘도 천천히 걸어본다.

가끔은 뒤를 돌아보면서.

191

쌓이는 눈에 미끄러지는 오늘이다.

당신에게 다가가려다가 미끄러졌던 지난날들을 생각해 본다.

그때는 내게서 오직 당신만 존재했다.

스토커처럼 집착했던 시간들.

이제는 나 자신에게 스토커가 되고 말았다.

그래서 잠시도 틈을 주면 안 된다.

나인 너에게.

192

선택의 여지는 없다.

오늘은 이미 오고야 말았으니까.

내일도 그렇게 오고야 말 것이다.

알면서도 오늘을 낭비하는 것은 있을 수 없는 일이다.

해서 열심히 걸어 볼 생각이다.

오늘을 미루고 나면 변함없이

다시 올 오늘도 게으름으로 치우치고 말 테니까.

193

왜 자꾸만 숫자에 연연하려는지 모르겠다.

나는 지금 8이라는 숫자 위에 서 있다.

내일은 9라는 숫자 위에 서 있을 것이다.

시간도 숫자에 가두어 두는 삶을 살아가고 싶지는 않다.

어디에도 소속되지 않는 자유로움을

동경하면서 나는 한없이 한숨을 쉰다.

194

아직 마음을 열지 못했다.
가까이 다가가려고만 했지 정작
마음을 닫아버린 상태로 상대만 탓하고 있었다.
받아들일 생각 없이 굳게 닫아버린
내 마음은 썰렁하기만 하다.
녹차로 썰렁함을 식혀 보지만 턱도 없다.
언제쯤 나는 마음을 열 수 있을까?

195

시간과 공간이 티격태격 중이다.
내 머릿속에서도 전쟁 중이다.
도둑고양이와 미친개가
서로 물고 할퀴면서 오후를 난도질 중이다.
이 녀석들을 추위 속으로 발가벗겨
내쫓아야 할 것 같은데 내 힘으로는 버겁다.
쓰레기봉투에 담아 내다버릴까도 생각 중이다.

196

보고 있나요?

당신이 무엇을 하고 있는지 궁금합니다.

당신을 만날 수 없다는 것이 마음을 춥게 만듭니다.

꽁꽁 얼어버린 제 마음은 어떻게 하실 건가요?

다가가려 해도 다가갈 수 없는 당신이기에

더더욱 이 시간이 외롭고 쓸쓸합니다.

언제 오실 건가요?

빨리 와요!

197

할 수 없이 기다립니다.

이제 기다림은 일상이 되어 버렸습니다.

하루하루가 바늘방석 같습니다.

혹시나 전화가 고장 났는지 확인하고 또 확인합니다.

기다림에 지쳐 문자라도 보내려하지만

선뜻 용기가 나지 않습니다.

나는 늘 이렇게 기다려야만 하는 건가요?

198

결국,

화를 내고 말았다.

겨울이라 그런가,

감정 조절이 되지 않는다.

얄미운 봄바람처럼 설렁하다가도

갑자기 살을 에는 겨울바람으로 돌변하는

이 기복은 도대체 어디에서 연유한 것인가?

화를 내고 나면 후회하지만 돌이킬 수 없음이 안타까울 따름이다.

199

먼 길을 돌아가고 말았다.

하필이면 겨울비가 내리는 날이었다.

뭐가 그리도 서러웠던 것일까?

마지막 가는 길에도 짜증을 가져가 버리는 우리네 삶의 끝.

며칠을 끙끙 앓았다.

깨어보니 오늘이었다.

이제는 돌아오고 싶어도 돌아올 수 없는 길은 멀다.

200

오늘의 너는 단점만 보인다.

아무리 좋게 보려 해도

짜증만 동반하는 너의 모습에

나는 말없이 돌아서고 말았다.

내 싸늘한 등돌림에 너는 그만 발걸음을 멈추고 말았다.

문제는 네가 아니다.

나의 변덕스러움이 너를 곤욕스럽게 만든 것이다.

사랑은 변덕이다.

201

너를 마주 본다.

너는 어련히 알아서 내 눈을 바라본다.

너는 수시로 변한다.

어느 때는 퉁퉁 부어 있기도 하고,

어느 때는 홀쭉해진 얼굴로 나를 안쓰럽게 만들기도 한다.

나는 너의 웃는 모습이 좋다.

웃는 얼굴에는 침 뱉기 미안하니까.

거울 속 너!

202

틀에 갇혀버리고 말았다.

사소한 것에서부터 일상적인 것까지.

항상 틀을 깨고 싶어 하지만 실행에 옮기지는 못한다.

항상 그랬다.

오늘의 나를 벗어나 훌훌 털어버리고

어딘가로 훌쩍 떠나고 싶은 생각.

그러나 오늘도 나는 떠날 수 없었다.
그리고 140자라는 틀에 갇히고 말았다.

203

틀을 깨볼 생각이다.
아주 사소함이다.
내일은 버스를 타고 목적지에서 내리지 않을 생각이다.
하지만 결국에는 되돌아오고야 말겠지?
인생은 돌고 도는 것을.

204

너를 마중 나갈 시간이다.
정해진 것은 없다.
불쑥 너의 앞에 나타나 나를 인식시키고 싶다.
네가 나에게 각인되었다는 것을 확인할 수 있음이 좋다.
누가 시킨 것도 아닌데 나는 왜 이렇게 설레는 것일까?
이 설렘을 오래도록 간직하고 싶다.
언제나 너를 위해.
너만을 위해!

205

깨진 기억의 조각들을 모으는 중이다.
걸핏하면 깨져버리고 마는 기억들.
술이라는 녀석은 마음만 먹으면 내 머릿속으로 들어와
기억들을 아무 거리낌 없이 갉아 먹는다.
녀석에게 금주라는 어퍼컷을 날리지만,
그것도 잠시 녀석은 호시탐탐 내 기억을 노린다.

206

축제는 끝나지 않았다.
누군가는 다음 축제를 벌써 기다리고 있을 것이다.
기다림도 축제의 연장선이다.
연말이라는 축제에 나는 서 있다.
하루하루 축제는 계속된다.
오늘이라는 축제를 즐기기 위해
나는 친구들을 불러 모은다.
자,
오늘을 아낌없이 쓰자.

207

별수 없이 너에게로 향하고 말았다.

그렇지만 나는 결국 네 주위를 배회하다가 되돌아오고 말았다.
시간이라는 녀석은 스토커가 되어
내 꽁무니를 뒤따르다가도 어느새 앞으로 나서
나보다도 먼저 길을 걷고야 만다.
야속한 녀석의 뺨을 실컷 갈겨주고 싶다.

208

찹쌀떡과 메밀묵이 골목길을 어른거리다가 갔다.
저 멀리에서 메아리쳐 오는 소리들들.
지금 이 시간에도 울려 퍼지는 시장기는
도대체 얼마나 더 허기진 것인가?
그나마 한파가 닥치지 않은 것이 다행이다.
한파에는 더 이상 서성거릴 수 없으니.

209

결국,
내 머릿속의 술 취한 미친개가 얼굴에
상처를 내고 말았다.
이런 일이 있을 줄 알았다.
진즉 알았으면서 단도리하지 못한 내 잘못이다.
걸핏하면 튀어나와 입에 게거품을 물고
달려드는 녀석임을 알면서도 방심한 내 잘못이다.

그래, 오늘을 기억하마.

210

시간에 걸려 된통 넘어지고 말았다.
그래도 어쩔 수 없이 일어나 걷는다.
차곡차곡 쌓여가는 시간만큼 내 나이도
차곡차곡 쌓이면서 걸을 만큼 걸어왔다.
그래도 앞으로 걸어가야 할 길이 아직은 많이 남아 있다.
오늘을 살아가면서 다가올 오늘을 준비한다.

211

기다려도 소식은 없고 스팸 문자뿐이다.
날아오던 하트도 이젠 뜸해진 지 오래고
날개가 날아오거나 별이 날아온다.
모든 것이 시들해져 버렸다.
내 사랑도 이제는 맥을 추지 못하고 기진맥진 중이다.
그래도 무작정 기다려 본다.
혹시 그녀가 내게로 오고 있는
중인지도 모르겠다.

212

전화벨이 울린다.
받을까?
말까?
망설이는 중이다.
밀고 당기는 오후다.

213

게으름이 시간을 잡아먹었다.
눈 내리는 오후 마음은 서먹서먹하고
벌써 연말이라는 것이 당혹스럽다.
지난해 나는 어디에 서 있었던가?
올해와 별반 차이가 없었다.
지나가는 시간은 막을 수가 없다.
그래서 시간을 열심히 써볼 생각이었지만
게으름이 문제였다.

214

구질구질한 이야깃거리를
냉장고에서 꺼내 세탁기에 돌리는 중이다.
과연 이야깃거리로 다시 태어날 수 있을까?

버려야 하는 것은 미련인데 버리지 못하고
꼬투리를 잡기 위해 움켜쥐고 있는 것을 보면
안타까울 따름이다.
훌훌 털어버릴 수는 없는 것일까?

215

멍하니 앉아 있다.
밖에는 눈이 오는데.
내 가슴속에도 함박눈이 펑펑 내렸으면 좋겠다.
연말이라 전화가 올 법도 한데 감감무소식이다.
무소식이 희소식이라는 말도 있지 않은가?
모두들 잘 지내고 있겠지.
특히 너!
내 가슴을 얼려버리고 도망친 너!

216

바라보지 마.
특히 그런 눈으로.
측은한 눈빛.
이제는 지긋지긋해.
무언가를 갈망하는 눈!
너는 어느 순간 미친개가 되어

한순간 나를 물어버리고 만다.
술 때문이라는 핑계는 집어치워라.
차라리 네 본성을 숨길 수 없었다고
당당하게 말하는 편이 좋을 터.

217

올해도 변함없이 아쉬운 !표와 .표를 찍다.

218

녀석은 대체 어디로 간 것일까?
녀석이 만들어 놓은
기하학의 건축물도 이젠 보이지 않는데.
먹이 사슬을 포기하고 겨울잠을 자는 것일까?
녀석은 어딘가에 숨어서 내년에 만들어 놓을
건축물의 모형을 상상하고 있는지 모르겠다.
녀석의 거미줄이 그리운 날이다.

219

하트가 날아오기 시작하더니,
별이 날아오고,
날개가 날아오고,

꽃이 대중없이 날아다닌다.
나를 날려버리고 코인 50개를 선물하지 않는가 하면
특별한 분만 받을 수 있는
선물이라기에 들어가 봤더니 캔디팡이다.
게임이 발에 차이는 오늘이 되고 말았다.

220

얼렁뚱땅 마지막 날을 날려버리고
시큰둥하게 새해를 맞이했다.
종무식도 하기 전에 시무식이 되었고
오늘도 모니터만 바라본다.
날씨는 시린 가슴을 칼날처럼 베고
죽기 살기로 달려든다.
이번 일이 끝나면 겨울도 저만치 뒷짐 쥐고 서 있겠지.
자판을 두드려 본다.

221

거리를 걷는 것은 사람들뿐만이 아니다.
요놈의 닭둘기 녀석.
포동포동 살이 찐 녀석이 날기는커녕
사람들과 함께 유유히 거리를 걷는다.
어이없어서 지켜보고 있는데 발길까지 가로막는다.

도대체 네 정체가 뭐냐?
너는 필시 전생에 인간이었을 것이다.

222

녹차가 배달됐다.
그 녀석 참 입맛 돌게 하는구나.
어제 주문했는데 빠르기도 하지.
과녁을 쳐다보기도 전에 과녁을 관통하는
빠름이 놀랄만한 세상이다.
주위를 둘러본다.
사랑을 확인하기도 전에 큐피드의 화살이
벌써 내 심장을 관통했을지도 모를 일이다.

223

그리운 것은 당신이 아닙니다.
당신과 함께했던 지난날의 추억들입니다.
추억들은 시간에 갇혀 옴짝달싹하지 못합니다.
다시 그 시절로 돌아가고 싶지만,
청춘이라는 녀석은 그것을 용납하지 않습니다.
자꾸만 앞으로 가라 합니다.
뒤돌아보지 말라 합니다.

224

당신에게 다가갈 수 없을 것 같습니다.
단지 멀리서 지켜보고 있을 뿐입니다.
흥청망청 써버린 청춘을
이제는 돌려받을 길이 없기 때문입니다.
돌이켜 보면 우리의 사랑은 아름다웠습니다.
왜 그때는 몰랐을까요?
티격태격 싸우기만 했던 것 같은데,
그립습니다.

225

이제 기다림에 지쳤다.
오지 않을 것을 알면서 참 많이도,
미련스럽게도 기다려 왔다.
이제 훌훌 털어버릴 생각이다.
막상 돌아서려니 또 무식한 미련이 발동한다.
어리석은 녀석 같으니라고.
결국,
또 기다려야 하는가?
미련은 또 다른 미련을 남긴다.

226

그 녀석은 왜 온밤을 서성이다가 갔을까?
도무지 녀석의 생각을 읽을 수가 없다.
남겨진 것은 신발도 신지 않은 녀석의 발자국.
춥지도 않았을까?
눈 위에 선명하게도 찍힌
녀석의 발자국을 보면서 한숨을 내 쉰다.
녀석은 분명 배설할 곳을 찾았을 것이다.
내 안에서.

227

녀석을 보았다.
내 속에 추악하게 자리 잡은 녀석.
게으름을 피우느라 녀석이
내 속에 들어온 지도 몰랐다.
이제는 녀석의 추악함을 감수해야 한다.
녀석에게 가까이 다가가 손을 내밀지만,
녀석은 매몰차게 내 손을 뿌리치고 만다.
녀석의 비위를 도대체 어떻게 맞추어야 할까?

228

그는 왜 그렇게 가려 한 것일까?
꼭 그렇게 가야만 했나?
그의 부재를 실감하는 날이다.
이제는 다가갈 수도 없는 저만치에서
그는 활짝 웃고 있지만 내 마음은 난감하기만 하다.
이제는 이야기도 나눌 수 없는데,
그는 아직도 할 말이 많을 것 같은데.

229

다가갈 수 없음이 처량하다.
눈물만 흘리다가
돌아서고 또 돌아서 보지만 발길을
되돌릴 수가 없음이 안타깝다.
젊음마저도,
늙음마저도 송두리째 가져가 버린 그.
그래 가거라.
남김없이 가지고 떠나 버려라.
잡을 수 없음을 이젠 안다.
잘 가거라!

230

배웅하고 왔다.
잘 가라는 말도 못하고 서성거리다가
막상 보내고 나니 안타까움만 남을 뿐이다.
위패로 남은 녀석.
사진을 들여다보다가 울컥 감정이 치솟아
똑바로 볼 수가 없었다.
부디 걱정 없이 가기를,
부디 가던 길 돌아올 생각은 하지 말기를.
미련을 두지 말기를.

231

기다린들 무슨 소용이 있겠는가.
이미 가버렸으니 돌아올 일은 없을 것이다.
미련만 남기고 보내지 못한다면
가는 이도 그렇고 기다리는 이도 그렇고
서로가 가슴만 아플 뿐인데.
훌훌 털어버리고 뒤돌아서야 한다.
갈길 서둘러 가서 좋은 일만 생기기를.

232

당신을 부르지도,
당신의 안부를 묻지 않았습니다.
당신은 그냥 그 자리에 계세요.
나도 당신 곁으로 다가갈 생각은 없습니다.
다만,
그리워할 뿐입니다.
우리 이렇게 서로를 그리워하다가
우연히 길에서 마주쳤을 때
가볍게 커피나 한잔 마시지요.
그래요.

233

두 눈을 감아도 그녀가 보이나요?
그럼 다행이구요.

234

무슨 말부터 먼저 할까요?
오늘은 많은 일이 있었는데.
당신이 듣고 싶은 말만 하고 싶어요.
당신이 말하고 싶은 말만 듣고 싶어요.

당신이 꿈꾸는 사랑은 뭔가요?
내가 꿈꾸는 사랑은요.
기다림 없는 만남이에요.
제발 나를 기다리게 하지 말아요.

235

잡고 있을 수가 없어서 놓아 버렸다.
뒤도 돌아보지 않고 가는 녀석.
내가 뭐 그리 잘못 했다고
저렇게 서둘러 가는지 모르겠다.
지난 일을 생각하면 그럴 만도 하다.
벌써 10여 년째 잡고 있었으니
지겨울 때도 된 모양이다.
아직 버리지 못한 미련은 어찌할까?

236

안절부절못한 채 너만을 바라본다.
하는 일마다 왜 그렇게 서투른지.
우리의 사랑도 그랬을까?
서툴러서 사랑 아닌 사랑을
사랑으로 믿었던 것일까?
너는 그래도 적어도 나는 그렇게 생각하지 않는다.

어찌 됐든 너를 바라보는 것이 안타까울 따름이다.

237

이 길 위에는 이정표가 없다.
자꾸만 앞으로 걸어가라 할 뿐이다.
인생에도 이정표가 있었다면 얼마나 좋았을까?
한참을 걷다가 이정표를 찾아보지만 소용이 없다.
도대체 얼마만큼 걸어가야 이정표를 만날 수 있을까?
어쩌면 이정표를 지나쳤는지도 모르겠다.

238

녀석은 아직도 일방적이다.
하지만 나는 녀석의 일방적임을 탓할 수가 없다.
내가 걸어온 길이 일방적이기 때문일까?
어쩌면 나는 지금도 일방적일지도 모르겠다.
한 방향으로만 걸어가려 하는 나와
정반대로 걸어가려 하는 너.
우린 만남부터 일방적이었다.

239

적나라하게 드러나는 녀석의 만행.

녀석은 눈 속에 오물을 남겼다.
그동안 보이지 않았던 녀석의 작태다.
길고양이 녀석.
무엇을 하느라 보이지 않는가 싶었는데
그 와중에도 내 뜰을 더럽히고 있었던 것이다.
비가 아니었으면 올겨울 내내 모르고 지나칠 뻔했다.

240

비 오는 거리를 걷는다.
녀석은 어디로 숨은 것일까?
아무리 주위를 둘러봐도 녀석은 보이지 않는다.
아마도 지금쯤 내 머릿속 어딘가에서
만행을 꿈꾸고 있을지도 모르겠다.
왜 자꾸 내 머릿속에 오물을 뿌리는지 모르겠다.
어쨌든 녀석은 지금도 호시탐탐 나를 노린다.

241

사랑을 훔치는 것은 어려운 일이다.
그러나 훔치지 않고는 배기지 못하는 것 또한 사랑이다.
내 사랑을 훔쳐간 그녀,
그녀의 사랑을 훔치고 싶은 나.
언제나 우린 사랑을 갈구한다.

내게서 사랑을 훔쳐간 만큼만 그녀에게서 사랑을 훔쳐오고 싶다.

242

너의 생각을,
너의 마음을 열어 볼 생각이다.
하지만 나의 마음을 열어 보이지도 않으면서
너의 마음을 열려는 것은 어딘가 어폐가 있다.
너에게 나를 보여주고 싶다.
다가오지 않아도 좋다.
내 마음이 이렇다는 것만 알아줬으면 좋겠다.
다시 노크해 본다.

243

온통 녀석의 배설물뿐이다.
왜 하필이면 많은 곳을 놔두고
내 뜰에 배설하는지 모르겠다.
녀석은 쥐도 새도 모르게 내 뜰에 와서
배설의 즐거움을 느끼는 것 같다.
해코지도 하지 않았는데 왜 그렇게
난리를 치는지 모르겠다.
되돌려 줄 수는 없는 걸까?

244

춥다.

네가 떠나던 날부터 추웠다.

왜 이 추위는 가시지 않는 걸까?

계절의 민감함을 느끼지 못하고

항상 네 생각을 하면 춥다.

한여름에도 추위를 타서 잊을 만하면 네가 떠오른다.

환절기는 더더욱 곤욕이다.

그래서 어쩔 수 없이 너를 찾아 나선다.

245

일상을 소음으로 살아간다.

익숙한 소음이 있는 반면 낯선 소음이 있기도 마련이다.

하지만 우리는 그 소음을 잊고 살아간다.

귀를 막은 것도 아닌데 소음이 들리지 않는다.

익숙해진 탓이다.

내게 소음은 지금도 그러려니 한다.

소음 속을 들여다보고 싶다.

246

안절부절못하는 오후.

소식을 기다리고 있다.
하지만 시간은 좀처럼 꼬리를 남기지 않는다.
무작정 기다리라고 할 뿐이다.
슬슬 기다림에 지쳐가는 시간이다.
제아무리 아무 일 없는 것처럼 행동하려 해도
이놈의 조바심만큼은 어쩔 수가 없다.
꼬투리를 잡아 본다.

247

오늘도 땅을 밟아보지 못했다.
이 삭막한 도심에서 땅을 찾는 것은 무리일지도 모른다.
배회하다가 그만 주저앉고 만다.
생각해 보면 땅을 밟아 본 것이 언제인지 모르겠다.
앞으로도 나는 땅을 밟아 보지 못할지도 모르겠다.
땅을 찾아 거닐어 본다.

248

도대체 길고양이는
어디에서 그렇게 많은 음식을 먹은 걸까?
녀석의 배설의 흔적은 차라리 짜증만 나고
나는 애써 외면해 보려고 하지만
그것이 마음대로 되는 것이 아니다.

눈을 부릅뜨고 녀석의 행적을 찾아보지만 보이지 않는다.

녀석은 지독한 놈이다.

249

거기 있나요?

오늘 같은 날은 당신이 보고 싶어집니다.

그래서 무작정 길을 걷다가 그만 넘어지고 말았습니다.

넘어져서 아픈 것보다도

당신을 볼 수 없음이 더 서럽습니다.

아직도 거기에 있나요?

볼 수 없지만 당신의 기억은

내 머릿속에서 떠나가지 않습니다.

250

쌓일 때는 좋은데 녹을 때는 추한 모습이다.

녹았다가 얼었다가 하는 모습은 더더욱 꼴불견이다.

왜 이렇게 변덕이 심한지 모르겠다.

나도 내 속을 모르겠는데 네 속을 내가 어떻게 알겠는가?

오늘은 너의 심한 욕설에 미끄러지고 말았다.

이런 젠장!

251

오늘은 아무 일 없는 평온한 날이었으면 좋겠다.
숨소리조차도 잦아드는 시간.
늘 이렇게 한가롭고 여유로운 시간을 가졌으면 좋겠다.
하지만 시간은 만만한 것이 아니다.
한동안의 여유를 가지려고 하면
더 많은 것을 바라는 녀석이 시간이라는 녀석이다.

252

시간을 바라본다.
그 녀석 참 멋지고 잘도 생겼다.
덩치는 산만한 녀석이
얼굴은 왜 이렇게 예쁘장한지 모르겠다.
그러다가도 어느새 이중인격을 쓰는 녀석.
녀석은 알다가도 모를 녀석이다.
그렇지만 녀석과 함께할 수 있어서 좋다.
시간은 흐르면서도 남는다.
물론 지우개로 지울 수는 없다.

253

녀석에게는 희망이 없다.

하루하루를 연명하는 것만이
녀석이 그 좁은 수족관에서 할 수 있는 일이다.
열대어 두 마리.
그 많던 죽음을 목격하고도 꿈쩍하지 않는 녀석들은
이제 체념한 모양이다.
체념의 도가니로 몰아넣은 장본인으로서 비수는 내게로 향한다.

254

너에게 모든 것을 해 주고 싶었다.
너에게 내 속을 모두 보여주고 싶었다.
그러나 차갑게 식은 너에게
나는 이제 보여 줄 것이 없다.
속을 보여주기도 전에 떠나려는 너는
정작 무엇을 바랐던 것일까?
이제 감당해야 하는 것은 현실이다.
나는 애써 웃고 있다.

255

멍한 오후가 되고 말았다.
무엇을 해도 손에 잡히지 않고,
무엇을 하려고 해도 집중이 되지 않는다.
멍하니 우리는 지금

무엇 때문에 살아가고 있는가를 생각했다.
한 때는 무조건 앞으로만 걸어가면 길이 보일 것 같았다.
하지만 지금은 외진 골목길에 서 있다.

256

자꾸만 오라 한다.
가기 싫은데 오라 하니 발길이 떨어지지 않는다.
무작정 기다리고 있겠노라고 전하며
전화를 끊어 버린 야속한 사람.
굳이 만나야 할 필요가 있을까?
아무리 생각해도 만나야 할 이유는 없다.
그래도 마지막은 있어야 할 것 같아 길을 나선다.

257

오늘은 시간 위를 걷다가 미끄러지고 말았다.
서두를 필요는 없었지만
빨리 만나고 싶음에 할 수 없이 재촉하고 말았다.
모두가 내 탓이다.
하지만 야속한 것은 참을 수가 없다.
나는 아직 너를 만나지 못했다.
그래도 언젠가는 만날 수 있다고 믿는다.

258

대뜸 메일로 욕이 날아왔다.

나도 지지 않고 대뜸 욕을 날려 버렸다.

꼭 그렇게 감정적으로 대할 필요는 없었지만

생각하면 무책임한 일이다.

오늘도 반성하는 날이었다.

특히 너에게는 더 그렇다.

이제는 먹먹할 따름이다.

대처할 수 없음이 안타깝다.

259

달콤한 오후를 생각하고 있다.

하지만 달콤함은 잠시 입속에서 머물다가 지나가 버렸다.

그리 많은 것을 원했던 것은 아니다.

아쉬움이 남는 오후.

오늘은 거기까지 만이다.

더 이상 가까이 다가간다면 나는 아마도

쓸쓸함을 맛보아야 할 것이다.

이젠 그만.

260

보통이다.

기분도 보통,

오후도 보통.

아마 저녁도 보통이 될 것이다.

늘 보통만 바라보고 있는 일상이다.

그래서 오늘은 그 이상을 대비해 본다.

물론 그 이하가 될 수도 있다.

문제는 보통을 바라보는 시각이다.

보통은 사실 최고가 될 수도 있다.

261

돌아오라 시간이여.

갈 때는 손을 꼭 붙잡고 있었는데 그만 손을 놓치고 말았다.

아무리 애원을 해도 지나간 시간은 돌이킬 수가 없다.

손을 놓고 얼마나 걸었는지 모른다.

방황하고 있는데 그 어디쯤인지 알 수가 없다.

다시 내 손을 잡아 주렴!

262

시간은 무한리필이 될 수 없는 걸까?

물론 배부르게 먹으면 그만이다.
그러나 청춘은 아무리 먹어도 배가 부르지 않는다.
시간이 지날수록 배가 고플 뿐이다.
너무 든든해하지 마라.
너에게 남은 시간은 1%도 되지 않을지 모른다.
그때가 그립다.

263

바라보는 눈.
부담스러워 눈을 감아 버렸다.
언제부터였는지는 모르겠다.
추한 모습에 바라볼 수 있는 용기마저 잃어버리고 말았다.
가까이 다가설 수 없음이다.
그래도 언젠가는 바라보아야 할 모습이기에 눈을 뜬다.
그런데 넌 대체 어디로 간 것이냐?

264

풋풋한 향기,
부드러운 넘김.
오늘도 너를 만난다.
커피의 은은한 향기와는 다르다.
너의 우림이 향기롭다.

간혹 싫증을 낼 때도 있지만 바라볼수록 매혹적이다.

가녀린 그녀의 머릿결처럼

너는 나를 실망시키는 일이 없다.

오늘도 너와 친구하며 한 잔.

265

녀석이 오려 한다.

부르지도 않았는데 불쑥

전화를 해서 오겠다고 사전 통지를 보냈다.

오지 말라고 할 수도 없고.

별수없이 녀석을 맞이하는 수밖에.

냄새를 풍기지 않았으면 좋으련만

그래도 배짱이다.

할 수 없지 뭐.

녀석과 익숙해지는 수밖에.

266

글자 크기가 줄었는지도 모르고

눈이 나빠졌다며 불안해하고 있었다.

벌써 노안이 온 건가?

오해하거나 착각을 하는 날이 갈수록 늘어난다.

별일 아닌 것에 신경을 쓰고

잘못되지나 않았을까 전전긍긍하는 것을 보면 나도
어쩔 수 없는 모양이다.
오늘도.

267

아침부터 시간에 연연하기 시작한다.
느리게 흐르지도 빠르게 내달리지도 않는
시간을 보면서 묵묵해진다.
어차피 기다리지 않아도 내일은
오늘이 되어 오는 법이다.
그런데도 왜 그리 안절부절못하고 있는지.
잠시 기지개를 켜본다.
오늘은 어차피 내일이었다.

268

내 마음을 훔쳐가 놓고
모른척 시치미를 떼고 있다.
너의 마음을 훔쳐야 정당하지만 나는 그럴 마음이 없다.
빼앗아 간 내 마음만 되돌려 받으면 그만이다.
그러나 너는 줄 생각이 없는 모양이다.
어떻게 하면 되찾아 올 수 있을까?
빚쟁이가 된 기분이다.

269

기억 속을 걷다 보면 항상 네가 있어.

나는 차마 너를 부를 수가 없어.

주머니에 손을 넣고 길을 걷다가

주르륵 흘러내리는 눈물이 안타까울 뿐이야.

다시 너를 생각해.

그래도 내 가슴에는 네가 참 많아.

내 텅 빈 가슴 한 자리를 채워 줄 수 없겠니?

270

똑딱똑딱,

언젠가는 멈추고야 말 시계 바늘을

넋 놓고 바라보다가 문득 네 생각을 해.

헌신짝이 되어 버리고 만 내 가슴은

한없이 시리고 너만 생각하면 슬프기만 한데.

그래도 찾아갈 수 없는 것은

내 남은 자존심 때문이야.

오늘도 네 사랑을 가슴에 묻는다.

271

시장 골목을 걷는다.

언제나 묻어나는 삶의 향기들.
이것저것 구경하느라 시간이 가는 것도 모를 것 같은데.
어느새 다른 골목으로 들어선다.
이 많은 것 중의 하나만 고르라면 무엇을 고를까?
생각에 발걸음은 시장 골목을 머뭇거린다.
어느 녀석이 좋을까?

272

녀석이 통조림통을 핥고 있다.
내가 보는 줄도 모른 채 길고양이는 신나나 있었다.
그러다가 나와 눈이 마주치자 줄행랑치는 녀석.
저 녀석은 내 머릿속의 도둑고양이와는 다르다.
녀석은 내 머릿속 미친개와 싸워도 지지 않는다.
내 머릿속의 괘씸한 녀석들.

273

간만에 녀석을 만났다.
너도 참 많이 늙었구나.
그렇게 나도 늙어가는 것을 보면서 시간을 탓한다.
내 첫사랑도 몰라보게 많이 늙어 있겠지.
그래서일까?
차마 첫사랑을 만날 생각을 하지 못한다.

내 마음은 아직도 덜 늙은 모양이다.

마음만은 청춘이다.

274

손에 가시가 박혔다.

아무리 빼내려 해도

도무지 녀석은 손에 박혀서 나올 생각을 하지 않는다.

마치 내 첫사랑의 기억들처럼.

겨우 가시를 뽑아내고 나서야 나는

첫사랑을 생각하는 여유를 가진다.

잘 있을까?

하지만 터무니없이 많이 변한 내 모습은 보여주기 싫다.

275

오늘도 토막난 시간을 맞이하고 말았다.

벌써부터 토막이라니,

오늘은 몇 토막을 내 볼까?

토막으로 퍼즐을 맞추는 여유를 부려볼 생각이다.

미처 다 맞추지 못하더라도 토막을 탓하지는 않겠다.

내일 또다시 맞추면 될 터이니.

잠시 시간을 향해 묵념.

276

홀수도 싫고 짝수도 싫다.
그래서 무리수를 두기로 했다.
시간의 엉덩이를 뻥 차주는 것!

277

내 머릿속의 도둑고양이가 발정이 난 모양이다.
내 머릿속의 미친개도 발정이 난 듯 자꾸만 끙끙대는데.
그래 지금은 미친 시간이다.
서로 뒹굴든지!

278

너를 다시는 바라보지 않을 작정이다.
하지만 지금이 몇 번째인지 모르겠다.
틈만 나면 바라보지 않고는
배기지 못할 네 녀석의 꼬락서니.
등을 돌려 보지만 소용이 없다.
오늘도 거울 앞에 서서!

279

보고 있는 거니?

그런 거니?

결국에는 지겨울걸.

그즈음 주위를 둘러봐.

넌 결국 너 자신만 바라보고 있었던 거야.

어떻게 알았느냐고?

그건 네가 나이기 때문이야.

10년쯤 지난 너.

280

꿈속에서 너를 만났다.

가위눌려 깨어난 초저녁.

한숨만 쉬면서 멍하니 앉아 있다.

그나마 꿈속에서라도 너를 만날 수 있으니 다행이다.

자주 만날 수 있었으면 좋으련만.

너는 언제나 꿈속에서만 그 예쁜 얼굴을 보여준다.

만날 수 없는 걸 알면서도

나는 늘 너와 만날 꿈을 꾼다.

281

기다림이 낯설다.
기다림을 바짝 구워서
우두둑우두둑 씹어 먹을 수만 있다면
그나마 배가 부를 텐데.
허기가 느껴지는 오후 항상 너만 바라보는 내가
이제는 지겨울 때도 됐는데.
어쨌든 기다림이 난해한 시간이다.

282

오랜만에 너를 만났다.
너는 변함이 없는데 나만 변한 건가?
낯선 건가?

283

만나자고 해 놓고선 여행을 가 버렸다.
꽉 막힌 오후.
전화번호를 마구 눌러 본다.
먹통인 약속을 조정해 보지만 소용이 없다.
부디 막힘없이 뚫리기를.
시간을 마구 걷어차 본다.

그래도 아무런 대꾸가 없는 시간은 하염없이 흘러가고.
잠이나 자자!

284

꽃샘추위가 자꾸만 사랑을 부추긴다.
무덤덤하던 가슴에 불을 질러 놓고
나 몰라라 딴 짓만 하는 녀석이 정말 싫다.
갈 길만 가면 그만일 것이지 일을 저질러 놓고
나 몰라라 뒷짐을 지고 있다.
그래 오늘은 다가가 보자.
네 딴 짓에 울화통이 터지더라도.

285

일을 저지르고 말았다.
전화를 걸지 않겠다고 다짐을 했건만
결국 전화를 걸고 말았다.
화를 내지 않고 받아주니 그나마 다행이다.
버릇이 되면 안 되는데도
알코올만 들어가면 전화를 걸고 만다.
역시 내 머릿속의 미친개에게는 당할 수 없는 모양이다.

286

지난밤 머릿속에서
미친개가 튀어나와 밤새도록 짖어댔다.

287

많은 것을 바란 건 아니었다.
단지 사소한 것에 연연했을 뿐인데
이해를 못하는 상대가 당황스러울 뿐이다.
조금만 더 배려했다면
그런 일은 없었는지 모르겠다.
하지만 나만 내세우기에 바빠
결국 상대를 배려하지 못했다.
전화를 걸어 보지만 상대는 부재중이다.

288

너를 보았다.
그러나 나는 뒤돌아서고 말았다.
너의 초췌함 때문만은 아니었다.
단지 나의 초라함이 너에게서 멀어지게 하였다.
그토록 만나고 싶었건만
너에게 다가서기도 전에 돌아서 버린 내가

바보 같을 뿐이다.

나는 언제쯤 너의 곁에 올바르게 설 수 있을까?

289

시간은 잠시 환절기에 머물고

봄을 몰고 오기 위해 안간힘을 쓰고 있다.

그 어중간에 서서 지난 겨울 무엇을 했는지 생각해 본다.

지난 겨울은 턱없이 추웠다.

옆구리가 시려서가 아니라 바라볼 시간을 잃었기 때문이다.

시간은 아쉬움만 남긴 채 오늘도 흐른다.

290

완연한 봄이다.

하지만 내 마음은 여전히 계절의 변화를 실감하지 못하고

겨울의 어중간에 서 있다.

아무리 보채도 내달릴 기세를 보이지 않는데.

바람이라도 쐬면

반가운 봄바람을 실감할 수 있을지 모르는 일이다.

오후에는 실감 나게 달려 볼 생각이다.

291

이제는 바라보지 않아도 알 수 있을 것 같다.
그만큼 익숙해졌다는 말이기도 하지만
안달 나기는 마찬가지다.
익숙함 보다는 때론 생소함이 그리울 때도 있다.
이 변덕스런 마음을 어쩌나.
익숙함 보다는 새로운 것을 접하는 것이 더 설레기 마련인 것을.

292

메모해 놨는데 메모지를 잃어버리고 말았다.
아무리 찾아도 녀석은 오리무중이다.
또 시작된 집착에
집안 곳곳은 난장판이 되어 버리고 말았다.
그래도 녀석은 보이지 않는다.
도대체 녀석은 어디로 가출해 버린 것일까?
지난밤을 떠올려 본다.
조각 맞추듯이.

293

녹차 한잔의 배부른 여유를 가져 본다.
녹차는 우려야 제 맛이라는데.

우리면 우릴수록 미련만 남는다.
너와 함께 마시던 녹차의 맛이 나지 않는다.
괜히 평온한 오후에 삿대질해 본다.
그래도 분이 풀리지 않아 괜한 투정을 부리는
오후가 되어버리고 말았다.

294

아직도 공복이다.
사랑을 먹지 못한 탓이다.
사랑을 솜사탕으로 만들어 입에서
살살 녹여 먹는 맛도 잊은 지 오래다.
이 모두가 그녀가 어느 날 갑자기 떠나 버렸기 때문이다.
여전히 공복이다.
앞으로도 공복이 계속될 것만 같은데.
그녀가 돌아올까?

295

아픈 시간이다.
꼼짝도 할 수가 없어서 겨우 병원을 찾았는데,
세상은 아픈 사람이 왜 이렇게 많은지 모르겠다.
아프지 않고 살아가는 것도 복이다.
하지만 우리는 아프기 전에는

그 소중함을 미처 알지 못한다.
아프지 않았으면 좋겠다. 너도 아프냐?

296

의사는 앉아 있지 말라고 했다.
그러면 온종일 누워 있으란 말이냐?
아니면 온종일 서 있으란 말이냐?
그것도 아니면 온종일 걸으란 말인가?
어찌 됐든 의사의 말을 잘 들어야 병도 빨리 낫는 법.
오늘은 걸어 볼 생각이다.
그저 봄바람이 좋아서.

297

너는 나를 보자 멍하니
그 자리에 서 있었다.
이 기막힌 만남이 또 있을까?
돌아설까 하다가 너의 앞에 섰다.
그러나 나는 단 한마디도 하지 못했다.
네가 무슨 말인가를 해 줄 것 같았지만
너는 벙어리가 되고 말았다.
나는 머뭇거리다가 되돌아섰다.

298

TV 채널을 돌리다가 또 우려먹는 꼴을 본다.

벌써 몇 번째인지 모르겠다.

이제는 길 가다가도 알아볼 만한 얼굴인데.

제작비가 그렇게도 남아도나?

아니면 시청자를 물로 보는 건지?

각 방송사에서 수도 없이 우려먹은 이야기를.

녹차도 적당히 우려야 맛이 있는 법인데.

299

녀석이 무슨 일을 꾸미고 다니는지 알 길이 없다.

믿음이 깨진 탓에 속수무책이지만

걱정하지 않을 수가 없는데.

녀석은 여전히 전화를 받지 않는다.

봄바람 탓에 콧바람이 든 것일까?

녹차를 우려보지만,

제 맛이 나지 않는다.

녀석의 콧바람을 어디 가서 찾는다?

300

흐름이 먹먹하다.

조금의 움직임도 보이지 않는다.
너에 대한 생각뿐이다.
차 한 잔의 여유를 부려보지만 유동적이지 못하다.
자꾸만 실없이 눈물이 흐른다.
내 삶 속에 네가 차지하고 있던 자리가 이렇게 큰 줄은 몰랐다.
어쨌든 오늘은 온통 네 생각뿐이다.

301

지금 어디쯤 오고 있을까?
가늠해 보지만 종잡을 수가 없다.
오지 않을지도 모른다.
그래 너는 그렇게 너무 먼 곳으로 가 버렸다.
기다려도 오지 않음을 알면서도 나는 너를 기다린다.
너를 기다리면 기다릴수록 미련만 쌓여갈 뿐이다.
이제는 정말 안녕!

302

너에게 나를 보낸다.
하지만 받아 줄지는 모르겠다.
그래도 나는 반드시 너에게 나를 보낼 작정이다.
얼마쯤 지났을까?
너는 아무런 반응도 보이지 않는다.

채근해 보지만 너는 묵묵부답이다.
지치는 쪽은 나다.
이럴 줄 알았으면 너에게 나를 보내지 말 걸 그랬다.

303

방향 없이 걸었다.
굳이 방향을 가릴 처지가 아니었다.
걷다 보니 더더욱 방향을 종잡을 수가 없었다.
마냥 걸을 뿐이다.
나는 왜 이 외진 길에서 방황하고 있는 것일까?
그러나 나는 멈출 수가 없다.
뒤돌아보면 내가 걸어온 길이 까마득하기 때문이다.

304

아무리 전화를 해도 너는 전화를 받지 않는다.
나는 너에게서 서서히 잊혀지는 중이다.
알면서도 미련을 버리지 못하고
연연하는 것은 물론 내 잘못이다.
한 번쯤 전화를 받을 만도 한데
너는 나를 계속해서 외면 중이다.
남은 것은 이제 내가 외면하는 것이다.

305

외면하고 살 수는 없는 법이다.
싫든 좋든 간에 그것은 온전히 내 몫이지만
그렇다고 내 멋대로 살 수는 없는 법이다.
삶이 녹녹치 않기 때문이다.
오늘은 외면을 잠시 접어둘 생각이다.
먼저 다가서서 너를 바라볼 생각이다.
어쨌든 나는 너에게로 향한다.

306

아무리 기다려도 전화벨은 울리지 않는다.
그렇다고 문자가 날아온 것도 아니다.
멍하니 전화기를 내려다보고 있다.
그래도 녀석은 묵묵부답이다.
전화벨이 울리기를 기다리며 한숨짓고 있다.
오늘은 실컷 수다를 떨고 싶은 날이다.
막연하게 기다려 본다.

307

녹차도 커피도 모두 떨어지고 말았다.
사러 나가야 하는데 귀찮다.

오늘은 귀차니즘이다.
무엇을 해도 손에 잡히지 않는다.
아직 오전인데 이렇게 게으름을 피우다니
한심하기 짝이 없다.
오후에는 커피든 녹차든 사러 나갈 생각이다.
잠시 게으름을 피워보자.

308

기다림의 연속이다.
언제부터 기다림이 시작되었는지는 모르겠다.
하지만 나는 마냥 기다린다.
대상을 찾지 못하고 기다림만을 탓하고 있다.
앞으로도 기다림은 계속될 것 같다.
그래도 기다림은 흥미가 있다.
설렘을 동반하는 기다림은 더더욱 그렇다.

309

오늘도 전화벨은 울리지 않는다.
언제부터였는지 모르겠다.
먹통이 되어버린 휴대전화기.
쓸데없는 게임 문자만 날아온다.
이제는 소음이 되고 말았다.

한동안 하트가 날아다니더니
지금은 온갖 문자들이 나뒹굴고 있다.
나는 대꾸 없이 휴대전화기를 닫는다.

310

오래 걸을 수가 없다.
시간이 인정하지 않는 걸음을 걸을 때마다 문득 겁이 난다.
얼마를 더 걸어야 할지도 모르겠다.
하지만 걸음을 멈출 수는 없다.
의미없이 걷고 있다고 생각하니 숨이 막혀 올 지경이다.
필시 공황 속일 것이다.
약을 먹어 보지만 소용이 없다.

311

오늘도 너에게로 가지 못했다.
도중에 되돌아오고 말았다.
나는 언제쯤 너에게로 갈 수 있을까?
언젠가는 너에게로 갈 것이다.
하지만 지금은 아니다.
너에게 가까이 다가서면 너는 다가선 만큼 더 거리를 둔다.
제발 한 번만 되돌아 봐 주기를 기대해 본다.

312

반성하는 오후가 되고 말았다.
시간을 잃어버린 죄.
그 많은 시간은 내 머릿속 어딘가에 남아 있겠지만,
막상 떠오르지 않는다.
빌어먹을 블랙아웃 같으니.
산산이 부서진 조각을 오늘도 찾아본다.
그러나 쉽게 찾아질 것 같지는 않다.
알코올이 문제다.

313

녀석은 어디로 갔을까?
아무리 찾아봐도 녀석은 보이질 않는다.
눈을 씻고 찾아봐도 종적을 알 수 없는 녀석을
오늘도 변함없이 찾아본다.
내 머릿속의 미친개 한 마리.
언제 나타나 짖어댈지 모르지만,
한시도 경계를 늦출 수 없다.
녀석은 잘도 짖는다.

314

초라한 오후가 되어버렸다.
빈 통조림통 하나에 연연하는 길고양이처럼.
또 기다림이다.
이제는 기다림도 익숙할 때가 되었는데 무덤덤하기만 하다.
지난밤에 무슨 소리를 했는지
무슨 일을 하고 다녔는지
조각을 맞춰가며 지우개를 찾는다.
지울 수 있다면.

315

불꽃놀이 중이다.
이리저리 차이면서
무슨 일이 벌어지고 있는지조차도 종잡을 수가 없다.
이 두통은 또 뭔가?
머릿속에서 좀체 무슨 일이 벌어지고 있는지 알 수가 없다.
멍하니 앉아 너를 생각한다.
필시 네 생각에 이리도 머리가 터질 것 같은가 보다.

316

혈관을 찾지 못해

쩔쩔매는 것을 보면서 내 팔이 아픈 것보다는
상대가 더 안쓰러웠다.
결국,
혈관을 찾아 바늘을 꽂았지만
세 곳을 찌른 후에야 겨우 피를 뽑고 말았다.
아마도 그녀는 전생에 뱀파이어는 아닌 듯싶다.
결국에는 굶어 죽고 말았을 그녀.

317

날씨가 곱다.
이대로 무작정 걸어간다면
어디까지 걸어갈 수 있을까?
바람도 예쁘다.
어루만지려 하면 저만치 수줍게 도망쳐 버리는 녀석.
결국에는 봄이 오고야 말았구나.
한가한 봄날 매장에서 흘러나오는 음악 소리에
내 몸이 견디지 못하고 춤을 춘다.

318

숨을 쉴 수가 없다.
마구마구 입안으로 쑤셔 넣는 내시경 때문에
온몸이 발작을 일으키는 듯하다.

그래도 어쩔 수 없다.

몸이 궁해서 어차피 참는 수밖에.

왜 하필이면 수면 내시경을 하지 않아 이 고생인지.

후회할 즈음 내시경이

위를 휘젓다가 인증사진 몇 장 찍는다.

319

별수없이 앉아 있다.

검사는 모두 끝났는데 문제는

마음껏 물을 시식하고도 나오지 않는 오줌 때문이다.

몸에서 빠져나간 수분 탓이다.

짜내려 해도,

화장실을 수십 번 다녀와도 나오지 않는다.

개똥도 약에 쓰려면 없다더니 그 말이 맞는 말인 것도 같다.

320

어제도 녀석이 다녀갔다.

쥐도 새도 모르게 다녀간 녀석의 후유증에

아직도 머릿속이 뒤죽박죽이다.

녀석은 늘 그런 식이다.

실컷 뛰어놀다가 청소도 하지 않은 채

도망쳐 버리고 마는 녀석이 원망스러울 뿐이다.

어쨌든 녀석은 공공의 적이다.
제기랄!

321

놀 수가 없다.
다 그 녀석 탓이다.
남을 탓해서 무엇 하나!
이미 벌어지고 만 일인 것을.
그래도 괘씸해서 참을 수가 없다.
이 녀석 걸리기만 해 봐라.
실컷 두들겨 패 줄 작정이다.
허락도 없이 혼자서만 놀다가 달아난 놈.
어쨌든 나는 녀석을 벼른다.

322

하늘이 흐리다.
마치 내 머릿속처럼.
오늘의 메뉴는 궁상이다.
어떻게 요리하면 맛있게 먹을 수 있을까?
단순한 요리 법으로는 안 된다.
특별한 조리법이 있어야 하는데 마땅히 떠오르지 않는다.
우선은 천천히 생각해 보자.

그래 궁상으로 깍두기를 만들자.

323

벌써 노안이 왔나?
마주 보고 있으면서도 사랑을 눈치 채지 못했다.
굳이 말해주기를 기다린 것도 아니다.
어느 날 불쑥 찾아와 옆에 있었는데
눈치 채지 못한 것은 내 둔감함 때문일 것이다.
오늘은 예민해 주기로 했다.
그래야 그녀가 곁에 있음을 알 테니.

324

점심 메뉴를 찾다가 입맛을 잃었다.
뜻하지 않은 전화에 오후는 산만하게 내달릴 뿐이다.
산만함이 허기를 달래며 나를 노려보고 있다.
무엇을 먹은들 배가 부르겠는가?
투명한 오후였으면 했는데 오히려 퉁명스럽다.
어떻게 하면 입맛을 되찾을 수 있을까?

325

노는 게 제일 좋아.

카톡을 쏴본다.
하지만 모두가 바쁘다는 핑계뿐이다.
하기야 아직은 이른 시간이다.
하지만 약속을 잡기에는 적당한 시간이다.
그런데도 더 이상 대꾸 없는 녀석들 때문에 민망할 뿐이다.
할 수 없이 혼자 노는 방법을 연구 중이다.

326

주삿바늘을 얼마나 찔러 댔기에 팔이 시퍼렇게 멍들었다.
시간이 시퍼렇게 멍들어 찰랑거린다.
녀석도 주삿바늘에 멍들었을 탓인가?
위에서는 허기를 달래 줄 무언가를 찾지만,
오늘 저녁은 없다.
겁먹은 얼굴로 무시할 수 없는 저녁,
꼭 밝혀내리라.

327

전화해도 받지 않는다.
전화기로 국을 끓여 먹었을까?
아니면 곱게 갈아 조미료로 썼을까?
대답 없는 신호음만 쏟아져 나올 뿐,
반가운 목소리는 쏟아져 나오지 않는다.

나도 전화기로 요리를 해 본다.

고춧가루를 뿌려 상큼하게 무친다.

식초도 몇 방울.

328

무엇을 잘못했을까?

통 기억이 나지 않는다.

즐겁게 논 것 같은데 뭐가 그리 삐딱한지 모르겠다.

시간도 삐딱하게 나를 쳐다보고

나는 시간의 조각을 맞추어 본다.

그러나 그것은 무의미하다.

언제나 늘 그렇게 조각을 맞추려 하지만 번번이 실패로 돌아간다.

329

녀석은 혈압에 연연한다.

그러나 연연하는 만큼 노력은 하지 않는다.

그래서 녀석과 술을 마실 때면

술을 마시다가 쓰러질까 봐 그것이 걱정이다.

그런데도 녀석은 200이 넘는 혈압으로 술안주를 한다.

그래서 녀석과는 술을 마시지 않기로 했다.

겁먹은 얼굴로.

330

오전부터 삐거덕거린다.
여기서 삐거덕 저기서 삐거덕.
삐거덕거리며 가라앉는 기분이다.
무엇을 해야 이 가라앉은 기분을 되살릴 수 있을까?
가만히 생각에 잠긴다.
녹차 한잔의 여유도 삐거덕거린다.
비가 와서 그런 것일까?
어쨌든 오늘은 삐거덕이다.

331

덜컹덜컹,
푸닥거리 중이다.
뭐가 잘못돼도 단단히 잘못된 모양이다.
모든 것이 차분한 데도 기분은 영 엉망이다.
외출도 하기 싫고 모든 것이 귀찮아지는 시간이다.
주말은 저절로 찾아들고 오늘도 뒹굴거릴 뿐이다.
어쨌든 듬직한 오후를 삶아 먹고 싶다.

332

거절하고 싶은 오후다.

얼굴에 난 상처 때문에
꼼짝달싹하지 못하고 방바닥을 뒹굴고 있다.
이참에 혼자 노는 법을 배워야겠다.
혹시나 상처가 남지 않을까 봐
거울을 마냥 보면서 지난밤을 후회한다.
하필이면 그것도 집 앞에서 넘어질 줄이야. 제기랄.

333

내 입장에서 모든 것을 생각하지 않았는가?
조금만이라도 상대를 배려했던 적이 있던가?
생각해 보면 나는 벽창호다.
이 오후도 벽창호다.
대신 내가 배려해야겠다.
언제든 어디서든 배려하는 습관을 들여야겠다.
이기적인 것은 쉽게 부러지기 때문이다.

334

오늘은 천천히 쉬어 가기다.
너무 조급했던 어제는 이제 가라.
오늘은 천천히 쉬어 갈 테니.
제아무리 발버둥 쳐도 시간은 멈추는 법이 없다.
차라리 즐기면서 걸어가는 것이 좋을 터.

오늘은 봄을 만끽할 것이다.
천천히 걸으면서 흠뻑 봄에 젖을 것이다.

335

지금 뭐 하고 있니?
이제야 비로소 너에 대한 생각에 미련스럽다.
꿈속에서 너를 보았다.
잘 지내고 있는 모습이 보기 좋았는데.
가끔은 내 생각 한 번쯤 해 주겠지?
누군가의 기억 속에서 소리 없이 지워진다는 것이 싫다.
그래도 너만은 기억해 주겠지.

336

사과를 했지만 받아주지 않는다.
화가 나도 단단히 난 모양이다.
이럴 땐 어떻게 해야 하나?
모두가 내 머릿속의 미친개 탓이다.
그래도 책임은 내가 져야 한다.
다시는 내 머릿속의 미친개를 불러내지 않을 생각이다.
이젠 유혹에 넘어가지 않을 작정이다.

337

적당히 불어오는 바람이 좋다.

늘 이렇게 평온했으면 좋겠다.

이제 기다리는 일밖에 남지 않았다.

하지만 이 불길한 예감은 또 뭔가?

마치 무슨 일인가가 벌어질 것 같은 예감.

세상은 내 마음대로 되는 것이 아니다.

어쨌든 나는 오늘 평온하기만을 바란다.

338

보고 싶어요.

그래도 볼 수 없겠죠?

당신은 아주 먼 곳에 계시니까요.

늘 생각나요.

특히 오늘 같은 날이면 더 생각이 납니다.

꼭 껴안아 주지 못한 것이 지금에 와서 후회됩니다.

당신의 빈자리는 너무도 큽니다.

그 공간을 어떻게 메워야 하나요?

339

당신은 무슨 생각을 하고 있을까요?

아마도 나와 같은 생각은 하고 있지 않겠죠?
우린 처음부터 다가갈 수 없는 상대였다는 것을 이제는 압니다.
바둥거리며 다가서기 위해 흘려보냈던
시간들은 이제 추억으로 남았습니다.
그래도 당신만은 잊지 않겠습니다.

340

오늘은 새로운 기분이다.
아침부터 상쾌함이 코끝을 살짝 간질인다.
좋은 소식이 전해져 올 것 같은 이 기분.
하루의 시작이 상큼하다.
뜻한 대로 하루가 지속되었으면 한다.
하지만 모든 것이 뜻대로 되지 않는 법.
오늘을 차분하게 준비해 본다.

341

평온함을 즐겨 본다.
언제든 평온함을 즐길 자세가 되어 있지만,
불쑥 튀어나오는 경솔함에 평온을 깰 때가 잦다.
그래도 오늘은 평온함을 온전히 즐기고 싶다.
느긋한 시간을 즐긴다.
시간에 밥을 비벼 먹듯이.

양념은 참기름과 고추장 깨소금이면 그만이다.

342

언제나 당신 곁에 있습니다.
그러나 당신은 눈길 한 번 주지 않습니다.
야속한 사람 같으니라구.
정작 내가 떠나면 나를 찾을 거면서.
알고 있습니다.
그것이 당신의 사랑 방식이라는 걸.
그래도 서운합니다.
우리 누가 더 그리운가?
내기 한 번 해볼까요?

343

혼자서 얼마나 심심하겠니?
너를 잊고 있었다.
혼자 중얼거려도 나는 안중에도 없었다.
그저 그 자리에 있으려니 생각만 했다.
그러다가 너를 보았다.
너는 혼자라는 것에 지칠 대로 지쳐 있었다.
그래도 할 수 없는 일이다.
나는 더 이상 네가 아니다.

344

온몸을 전율케 하는 녀석.

그렇다고 외면만 하고 있을 수도 없는 일이다.

몸이 아픈 것도,

마음이 아픈 것도 용납하고 싶지가 않다.

아무 근심 없이,

걱정 없이 흐름을 받아들이고 싶다.

그러나 속이 좁아서 나는 늘 조바심을 내곤 한다.

오늘도 변함없이.

345

길을 걷다 보니 문득 너에게로 가는 길이다.

그것을 인식하게 되자 다리가 아파오기 시작했다.

엄살이다.

가던 길을 멈추고 쉬어가면서 천천히 너를 생각했다.

하지만 힘들여 너에게 걸어갈 필요가 없다는 것을 알았다.

너는 이미 그곳에 없을 것이기 때문이다.

346

때로는 혼자일 때가 좋을 때가 있다.

아무 생각없이 멍하니 앉아 혼자인 것을 즐기고 싶을 때.

숨 쉬는 것만으로도 행복할 때.

아무것도 하지 않아도 좋을 때.

나는 항상 평온을 꿈꾼다.

나에 대한 배려.

핸드폰도 끄고 마냥 심심할 수는 없는 걸까?

347

어느새 꽃이 피었다.

그것도 모른 채

방안에 틀어박혀 심심함을 꿈꾸고 있었다니.

오늘의 메뉴는 산책이다.

무작정 신발을 신었다.

그리고 산책을 나서는데 덥다.

아직 패딩을 입고 다니다니.

허물을 벗을 때다.

나는 다시 집으로 향한다.

허물 때문에.

348

시간을 탓하지는 않겠다.

나에게 주어진 시간이 아쉬울 뿐이다.

이제는 시간의 소중함을 알게 되었다.

그동안 흥청망청 써버린 시간들이 아까울 따름이다.
그러나 아직도 늦지는 않았다.
다시 시작해 볼 생각이다.
물론 나를 위해 몽땅 써 버릴 생각이다.

349

뒤통수가 따갑다.
누군가 나를 보고 있는 것 같은데
좀체 종잡을 수가 없다.
누굴까?
다름 아닌 지난 추억들이다.
잊고 살았던 시간들.
잊고 지내던 나를 스치고 지나간 사람들.
지금은 어디에서 무엇을 하고 있을까?
희소식을 기대하면서 오늘을 시작한다.

350

추억들이 비빔밥이 되었다.
내 머릿속에서 마구 뒤섞여 시작과 끝을 알 수가 없다.
조각나 버린 기억들.
처음이 시작이라면 끝 또한 시작이다.
조용히 상념에 잠겨 본다.

잊고 싶었던 것도 있었겠지.

그 잊힘도 소중하다는 것을 나는 오늘에야 깨달았다.

351

나란히 걷는다.

두 개의 레일이 되어버린 우리의 이별.

그러나 걷는 방향은 같다.

다만 생각이 다를 뿐이다.

나는 아직도 너를 생각하고 있는데

너는 나에게는 안중에도 없다.

그래 그대로 걸어가자.

걸어가다가 뒤엉키면 그만이다.

모두가 우리의 운명이다.

352

얼굴에 상처를 내고도

그것도 모자라 내 머릿속의

미친개를 불러낼 준비를 한다.

이 녀석 오늘은 가만 내버려 두지 않을 생각이다.

하지만 어떻게 혼을 내 줄지 그것이 문제다.

어쨌든 나는 그 순간의 마주침 앞에서

망설이지 않고 녀석의 뺨을 갈길 테다.

353

빨래를 널기에는 좋은 날이다.

벌써 초여름인가 싶어서

미처 맞이하지 못한 봄이 한껏 그리워지는데.

내일은 봄을 마주할 수 있겠지.

여름은 섣부른 내 판단이다.

계절은 나름대로의 맛이 있다.

나는 지금 봄이라는 참맛을 오도독 오도독 씹어 삼키고 싶다.

354

기다려도 오지 않는다.

언제까지 기다려야 할까?

전화로 다그치고 싶지만 전화번호도 알지 못한다.

마냥 기다리는 수밖에.

벌써 이틀이 지나갔는데도 감감소식이다.

빌어먹을.

선택의 기회가 많았음에도 잘못 선택한 것이다.

이 녀석 어디쯤을 방황하고 있을까?

355

문득 너의 생각을 해.

아무래도 너를 잊을 수가 없을 듯한데.

이별이 이렇게 어려운 거라고는 생각하지 못했어.

지나간 시간은 나도 모르게 조바심을 내게 하고

조급함에 가슴이 시릴 정도야.

너도 그러니?

나만 그런 건가?

어쨌든 한동안은 아플 것 같아.

356

녀석의 뺨을 갈겼다.

하지만 후련하지가 않다.

괜히 화를 낸 것 같기도 하고.

나오지 않겠다는 녀석을 억지로 끌어내

화풀이를 하고 말았으니.

녀석은 기겁을 하며 내 머릿속으로 뺑소니를 쳤다.

이제 쓴맛을 봤으니 섣불리 나서지는 않을 것이다.

357

아직은 완료되지 않은 오후다.

벌써 완료를 꿈꾸고 있다니.

아마도 불면증 탓일 게다.

약을 처방한다.

하지만 약도 이제는 소용이 없다.
내 머릿속의 미친개가 슬슬 기어 나오려고 한다.
또 맞고 싶은 것이냐?
어쨌든 너도 나의 미워할 수 없는 일부분이다.

358

녀석이 배짱을 부린다.
뒤로 물러설 수도, 그렇다고
앞으로 나아갈 수도 없는 오후가 되어버리고 말았다.
녀석의 배짱은 곧 변덕으로 변하여 나를 몰아세운다.
다가가서 손을 내밀면 돌아서서 콧방귀를 끼는 녀석.
언제쯤 녀석에게서 벗어날 수 있을까?

359

안경을 갈아 끼운다.
그래도 녀석의 얼굴은 선명하지가 않다.
다시 안경을 갈아 끼운다.
그제야 녀석의 얼굴이 보이는데.
여태까지 내가 보아왔던 녀석의 얼굴이 아니다.
흉측한 상처를 지니게 된 녀석.
거울 속의 너는 참으로 망나니구나.
어쨌든 너는 나다.

360

꽃이 곱다.
향기 또한 그윽하다.
마치 사랑에 눈이 먼 사람처럼 꽃길을 걷는다.
혼자인 것이 아쉬울 뿐이다.
둘이었다면 더 좋았을 텐데.
많아도 좋다.
서로 마음만 맞으면 될 터인데.
하지만 난 딱 둘만을 원한다.
내 사랑에 꽃반지를 끼워 주고 싶다.

361

병원에 누워 있다며
아침부터 카카오톡이 달려왔다.
정밀검사 결과를 기다리고 있다고 한다.
일찍 발견했으니 다행이다.
나도 온몸 곳곳을 스캔해야겠다.
혹시나 숨어 있을 복병을 찾아내 능지처참할 것이다.
건강검진을 언제 받았던가?
이런 한 달 전이구나.

362

기다림이란 일상이 아닐까?
주위를 둘러보면
보이는 모든 것이 기다림으로 변하고 만다.
내일을 향한 기다림에 갇혀 나는 오늘도 걷고 있다.
모든 것을 팽개치고 어디로든
훌쩍 떠나버릴까도 생각했지만 기다림이란 녀석이
눈에 불을 켜고 나를 쳐다보고 있다.

363

녹차가 풋풋하다.
우리 사랑도 한때는 이렇게 풋풋할 때도 있었지.
뒤돌아서면 또 보고 싶은 사랑.
그냥 바라보고 있어도 가슴이 꽉 찬 듯한 느낌이 들던 그때.
그때로 되돌아갈 수는 없는 걸까?
오늘은 풋풋한 너의 사랑을 듬뿍 받고 싶다.
어디에 있니?

364

날씨가 좋으면 무엇 하나
마음이 먹먹한 것을.

좀처럼 생겨나지 않는 활기에 그만 푹 주저앉고 말았다.
가슴이 텅 빈 것처럼 종잡을 수 없고,
어제를 후회하고 있다.
전화하지 않겠다고 다짐을 했었건만
무슨 미련이 남았다고 또 전화한 것인지.
오늘은 흐림이다.

365

벙어리 냉가슴이 따로 있을까?
후회하고 또 후회해도 이미 벌어진 일은
되돌릴 수 없는 법이다.
평온을 깨는 것은 정작 나 자신이다.
그러면서도 온종일 평온하기만을 바라는 것은
욕심이 크기 때문이다.
오늘은 먹먹히 숨만 겨우 쉬고 있다.
미련 때문이다.

366

내 머릿속의 미친개에게 된통 물리고 말았다.
얼굴의 상처는 아물지 않았고 상처가 자꾸만 커진다.
될 수 있으면 녀석과 마주치지 않는 것이 상책이지만
내 마음대로 되지 않아 걱정이다.

그나저나 얼굴의 상처는 어쩌나?
혹시 덧나는 것은 아닐까?
흉터는?

367

화단을 정리하고 씨앗을 뿌린 지
며칠이 지났는지 모르겠다.
얼핏 보이는 새싹들 참 귀엽기도 하구나.
그런데 걱정이다.
고양이 녀석들이 화단을 망칠까 봐.
오늘 녀석을 보았다.
이제는 나를 보고도 피하지 않는 녀석.
날카로운 눈매로 나를 노려보는 녀석.
녀석의 심보가 궁금하다.

368

전화하고 후회하고 다시는
전화하지 않겠다고 다짐을 했는데도 또 전화하고.
몇 통째 전화를 걸었는지 모른다.
왜 술만 마시면 무엇 때문인지 몰라도
자꾸만 전화하는 내가 싫다.
후회만 하면 다행이지만 뒤끝이 개운치 않다.

문제는 자꾸만 기억을 잃는다는 것이다.

369

걸어 본다.
다리가 아파오기 시작한다.
마음도 아파오기 시작한다.
왜 이렇게 걷는 것이 갈수록 힘들어지는지 모르겠다.
그래도 할 수 없이 걷는다.
아직 멈출 때가 아니다.
그렇다고 무작정 걷는 것은 아니다.
오늘은 너에게 다가섬이다.
외면하지 말기를.

370

오늘도 익숙한 오후.
화끈한 일 없이 느릿느릿 흐른다.
바라보는 것만으로도 만족스러운 오후.
이 심심함이 좋다.
이 기다림이 좋다.
봄은 더 이상 기울지 않고 제자리걸음 중이다.
뒤섞임이 없는 차분함이 좋다.
바라보다 지치면 가차 없이 채널을 돌린다.

371

수도 없이 날아오는 카카오톡이 반가운 날이다.
그런 와중에도 한둘은 빠지기 나름이다.
심심함은 저리 가고 재촉하는 카톡음만 울린다.
보내는 이는 심심할 테고 받는 이는 카톡 소리에 귀 기울인다.
오늘은 카카오 톡을 삶아 먹어 볼 생각이다.
맛있을까?

372

이리 자빠지고 저리 자빠지는 오늘이 되었다.
오늘을 살아가면서 늘 그런 것은 아니지만
오늘 같은 날은 몸을 사리는 것이 나을 것이다.
어디에 부딪히든 간에 오늘을 피할 수는 없다.
모른 체할 할 수도 없다.
스스로 다가가서 손을 내미는 오늘이고 싶다.

373

그놈 참 간덩이가 부었구나.
하지만 상관없다.
네가 살아가는 법이 있지만
내가 살아가는 법도 있기 때문이다.

제아무리 발버둥쳐도 누가 눈 깜짝할 줄 아느냐.
또 노려보면 어쩔 것이냐?
네가 아무리 사고를 친들 나와는 무관한 일이다.
너는 너일 뿐이다.

374

날씨가 좋다.
구슬이 굴러가듯 자유자재로 흘러가는구나.
오늘 같은 날은 빨래하기에 적당한 날이다.
그런데 소나기라도 지나가면 발길이 빨라진다.
오늘은 부디 그런 일이 없기를.
머릿속도 일광욕으로 적당히 말려야겠다.
미친개가 화를 내겠구나.

375

지금은 탈수 중이다.
왜 이렇게 머릿속에 쌓인 것이 많은 것인지.
제아무리 탈수를 해도
쓰레기가 빠져나갈 생각을 하지 않는다.
내 머릿속의 미친개가 튀어나오기 전에
머릿속을 정리해야 하는데.
정리하다 말고 손을 놓는다.

어련히 제 갈 길로 갈 것을.

376

빈둥거리는 오전이다.
오늘 할 일이 있었는데 생각나지 않는다.
누워서 멀뚱멀뚱 천장만 쳐다본다.
산책을 할까도 생각해 보지만 이내 포기하고 만다.
어느 골목길에서 길을 잃고
거대한 공황이라는 녀석에게
포로가 되지는 않을 작정이다.
약을 처방한다.

377

돌아앉았다.
아무리 달래고 또 달래도 통하지가 않는다.
어떻게 하면 마음을 돌릴 수 있을까?
어찌 됐든 녀석은 마음을 열지 않고
나 혼자만 안절부절못한다.
그래도 할 수 없어서 외출을 준비한다.
난 지금 꽃구경 간다.
네가 없어도 상관없다.
때로는 홀로인 것을.

378

너의 소식을 이제는 들을 수 없구나.

이제는 그 어디에도 없는 너.

문득 너를 생각했다.

기억 속에서 잊혀질 때도 된 것 같은데.

시간은 간혹 과거에 연연하게 한다.

함께했던 시간이 그립다.

네가 사는 세상에서 너도 나처럼 나를 그리워하고 있을까?

379

소리 없이 살금살금 다가와

내 뒤통수를 치고 가는 녀석.

그래도 기분 나쁘지가 않다.

봄바람은 사람의 마음을 설레게 한다.

어쨌든 반가운 날이다.

이런 평온함이 지속되었으면 하는데.

이제 막 달리기 시작한 오후가

씽긋 웃고 지나쳐 간다. 반갑다.

380

자꾸만 따진다.

별일 아닌데도 화를 내고 따지는 탓에
아침부터 기분이 흉흉하다.
먹을 수 있는 것이라면 오도독 씹어 먹을 텐데
그러지 못해서 안타깝다.
비까지 오면서 사람 마음을 가지고 노는데
헛구역질이 날 지경이다.
그래도 할 수 없다.
내 잘못인 것을.

381

녹차를 우리는 아침이다.
세 번은 우려야 참맛을 알 수 있다는데.
나는 고작 두 번만 우린다.
오늘은 세 번을 우려야겠다.
비가 와서 뒤숭숭한 마음을
어떻게 하면 안정시킬 수 있을까?
녹차를 마신다.
텁텁한 맛이 꼭 오늘 날씨 같구나.
별수없지.

382

목화 나무 아래에 섰다.

볼 때는 좋았는데 바닥에 떨어진 꽃잎은 천덕꾸러기 신세다.
내 인생은 어떨까?
점잖지 않은 흔적을 남기지는 않았을까?
흩날리는 벚꽃이 보고 싶은 날이다.
바람이 불어 떨어지는
꽃비 같은 인생을 꿈꾸며 나는 걷는다.
아름다운 봄날이다.

383

인생을 조각하고 싶다.
그래서 섣불리 걷지는 않을 생각이다.
하지만 내 입맛에 맞게 세월이 흐르는 법은 없다.
달콤함이 있다면 쓴맛도 있기 마련이다.
그중에서 나는 어디에 더 치우쳐 있는 것일까?
삶을 생각해보는 오후다.
어쨌든 신나게 달려 보자.

384

뚫어지게 바라보았지만
너는 모른 채 뒤돌아서고 말았다.
그렇다고 너를 원망하는 것은 아니다.
말 못하고 뒤돌아선 내가 문제다.

말이라도 붙여 봤으면 좋았을 걸.
매번 사랑을 꿈꾸지만
나는 늘 묵묵부답으로 사랑을 놓치고 만다.
너를 가슴에 담는다.

385

너를 바라보다가
너에게 한 발짝씩 걸어간다.
이 설렘은 뭔가?
이팔청춘도 아닌데.
다가서면 늘 그곳에 있는 너.
그런데도 사랑을 표현하지 못하는 나.
문제는 나에게 있었다.
너는 언제나 내가 다가오길 바라고 나는
다가선 너의 곁을 스치고 지나갈 뿐이다.

386

불륜의 씨앗은 뭔가?
나는 내 머릿속의 미친개와 불륜에 빠졌다.
그래도 녀석은 아니라고 나를
다그치지만 난 너 없는 세상을 바라지는 않는다.
너는 나의 일부분이고 또

사랑해야 하는 존재가 되어 버리고 말았다.
녀석아 간통으로 쇠고랑 차기 싫으면 조심해.

387

왜 너에게 가는 길은 매번 아픈 것일까?
다리가 아파 허리에 침을 맞는다.
매일이라도 너에게 찾아갈 수 있으려면
몸이라도 성해야 할 것 아니냐?
스르르 파고드는 침의 이물감.
너에게 침이 되고 싶다.
너의 아픈 상처를 치료할 수 있는 나였으면 한다.

388

서른 잔치는 끝이 나고 말았다.
그러나 어디에선가 누군가는
잔치를 즐기고 있을 것이다.
잔치는 끝이 나는 법이 없다.
그처럼 하루하루가 축제였으면 좋겠다.
하지만 오늘은 이리 기웃 저리 기웃거려보아도
축제를 찾을 수가 없다.
축제는 계속되어야 하는데.

389

기억을 잃었다.
너도 잃어버리고 말았다.
아무리 생각하려 해도 너에 대한
추억이 생각나지 않는다.
너는 분명히 내 기억 속에
자신의 추억이 남아 있을 거라며
채근하다 못해 앙탈을 부린다.
그러나 할 수 없다.
너에 대한 기억은 내게 남아 있지 않다.

390

매일 실수를 하면서도
나는 그것을 인지하지 못한다.
그러다가 더 큰 사고가 터지면 그제야 실수를 인정한다.
오늘은 천천히 걷는다.
조심해서 걷다 보면 실수를 하지는 않을 것이다.
성격이 급하기 때문인가?
나는 왜 이렇게 조급한지 모르겠다.
탓으로 돌린다.

391

너를 생각해.

한때는 나의 너였던 순간들.

세상은 계속해서 변해 가는데도 너만은

변치 않기를 바라는 나의 마음은 억지일까?

지금 당장 너를 확인하고 싶어지지만

그럴 수 없는 것이 안타까워.

너도 어디에선가 나와 같은 생각을 하고 있을까?

보고 싶다.

392

가슴 설레는 하루다.

그러나 왠지 모르게 가슴 한쪽 구석에

찜찜함이 남아 있다.

언제 폭발할지 모를 녀석.

가슴에 시한폭탄을 안은 채

사랑을 꿈꾸는 시간을 천천히 걸어간다.

차라리 이즈음에서 폭발해 버려라.

그래야 속 편안하게 걸을 수 있을 테니.

393

지금 어느 즈음
어느 낯선 길에 서 있는지 모르겠다.
멍하니 서 있다가 어느 길인지도,
방향도 알 수 없이 걸어간다.
때로는 이렇게 막막한 길을 걸을 때도 있다.
그것이 바로 오늘 같은 날이다.
지금은 이정표를 찾는 중이다.
새하얀 오늘이다.

394

언제부터 이렇게 기다리게 되었는지 모릅니다.
항상 기다리고 있지만,
당신은 아무런 기다림도 기약하지 않습니다.
그래도 나는 당신을 기다리고 있습니다.
돌아오겠다고 말한 것도 아닌데 무작정 기다립니다.
걱정은 하지 마세요.
이러다가 지치겠지요.
그 즈음 당신이 오실까요?

395

당신은 거기에 있고
나는 여기에 있습니다.
언제까지 평행선을 달려야 하는 걸까요?
손 마주 잡고 함께 걸어갈 수는 없는 걸까요?
우리는 레일 위를 걷고 있는 듯합니다.
그 끝이 없는 레일 위에서 바라보아야 하는 것이
내 운명이라면 받아들이겠습니다.

396

하지 말아야지 하지 말아야지 하면서
어느 결엔가 약속을 잡아 버리고 마는 심통 많은 녀석.
나 자신을 아무리 옹호하려 해도 용서가 되지 않는다.
하라는 일은 안 하고
하지 말라는 짓은 꼭 하고야 마는 녀석.
오늘은 또 무슨 일을 꾸미려고 작당 중이냐?

397

입맛이 돌지 않는다.
혼자 먹는 식사가 부담이 가서 그런 것인지도 모르겠다.
온종일 입에 거미줄을 치고

한마디도 말을 섞지 못하는 나.
그러고 보니 식구들과 식사한 지도 꽤 오래된 것 같다.
그러다 보니 식사 때를 넘기는 것은 다반사다.
우라질.

398

어디에 있나요?
거기에 있나요?
혹시 나를 기다리시나요?
아니면 기다리다가 지쳐 떠나셨나요?
알 수가 없어 답답합니다.
당신도 그러하셨겠지요.
내가 그런 것처럼 말입니다.
이제 어찌해야 하나요?
알 수 없어서 그저 당신만 그리워합니다.
안 되나요?

399

오늘도 기다립니다.
반가운 손님 올 것 같아 청소를 합니다.
청소를 끝내고 앉아 있는데도
당신은 오지 않습니다.

내가 당신에게 그렇게 잘못했나요?
내가 그렇게 당신을 힘들게 했나요?
당신은 오늘도 오지 않을 것 같습니다.
어찌해야 하나요?

400

비가 옵니다.
메마른 가슴을 적시기에는
턱없는 비지만 그래도 먹먹했던 가슴을
잠시 쉴 수 있어서 다행입니다.
당신이 그렇게 가신 날도 비가 왔던 가요?
그래서 비가 오면 마음을 놓을 수가 없습니다.
언제쯤 이 먹먹함을 지을 수 있을까요?
언제쯤.

401

손 편지를 씁니다.
얼마 만인지 모르겠습니다.
한때는 자주 주고받던 편지가
이제는 서먹서먹해져 버렸습니다.
받아보지 못할 편지지만 정성스럽게 써 내려갑니다.
알고 있나요?

당신의 글씨가 아름답다는 것을.
곱고 아름다운 당신의 편지를 다시 한번 받아보고 싶습니다.

402

번갯불에 콩 볶아 먹고 싶은 날이다.
시간은 왜 이렇게 더디 가는지.
재촉을 해도 아랑곳하지 않고
늦장만 부리는 시간이 먹먹하기만 하다.
어디 재미있는 일 없을까?
자꾸만 처지는 어깨가 무거워 아무 일도 할 수가 없다.
오늘을 녹차로 우린다.

403

시간을 미룬다.
이제는 너에게 다가서는 것도 버겁다.
심심함을 먹고 마시면서 오랜만에 게으름을 펴 본다.
그런데 왜 마음 한쪽 구석이 이렇게 허전한 것이냐?
아마도 시간에 심심함을 너무도 많이 버무린 모양이다.
아무튼,
오늘은 이미 기울고 있다.

404

흐름 없이 멈춘 것만 같았다.
아무 소리도 들리지 않았고
숨도 쉴 수 없이 먹먹하기만 했다.
그렇게 이틀을 보냈다.
결국에는 소리를 들을 수 있었고 숨을 쉴 수 있었다.
여전히 심장을 노리는 녀석.
언제쯤 나는 녀석에게서 헤어 나올 수 있을까?

405

내가 존재하지 않아도
시간은 멈춤 없이 흐른다는 것을 알았다.
세상은 내 마음대로 흐르지 않는다는 것도 알았다.
그런데 왜 난 세상이 내 중심으로
흐르기를 바라고 있는지 모르겠다.
오늘도 난 제멋대로 세상을 읽고 있다.
차분히 걸어 보자.
너에게로.

406

오늘 길을 걷다가 너를 보았어.

아마 자세히 보지 않았다면 그냥 지나칠 뻔했지.

마치 모르는 남처럼 말이야.

무뚝뚝하기만 한 너.

너는 볼 때마다 항상 얼굴을 찌푸리더라.

그래도 괜찮아.

너는 그대로 있어.

너를 볼 때마다 내가 항상 웃어주면 되니까.

407

시도 때도 없이 바라보던 너.

이제는 바라보려고 해도

바라볼 수 없음이 안타까울 따름이야.

한때는 나 없이는 살아갈 수 없다던 너.

그러나 나는 그 말을 믿지 않았어.

누구나 변하기 마련이니까.

우리 둘 중의 하나는 변한 탓이겠지.

실망이야!

408

외로운 거니?

매일 혼자 있으니 그러고도 남을 거야.

하지만 늘 행복할 수는 없어.

그래서 나는 외로움을 씹는다.
씹다 보면 단물이 나올 때도 있고
쓴물이 나올 때도 있어.
그래서 알았지 사람은 누구나 고독을 씹는다고.
아마 그들도 외로울 거야.

409

잠을 자고 일어나도 개운치가 않아.
언제부터였는지 모르겠다.
너무 늦게 발견한 걸까?
그렇다고 내 몸에 맞는 처방전이 나오지는 않더라구.
그래서 생각했지.
그러려니 하자고.
졸려.
그런데 잠이 오지 않아.
잠이 때론 무섭다는 것을 알았기 때문일까?

410

항상 그 자리에 서 있었지.
그런데 자고 일어나니까
내 자리가 옮겨져 있더라.
내 자리가 아니라 불편하고 또 따분해.

여긴 사람들을 구경할 수가 없거든.
난 어울리는 것을 좋아하는데.
누가 심술을 부린 걸까?
식목일도 지났는데.
누군가가 찾아왔으면 좋겠다.

411

너의 동료는 다 떠나고
이제는 너만 남았구나.
고마워라.
누군가와 대화할 수 있다는 것이
이렇게 즐거운 일인지 몰랐어.
그런데 우린 대화의 방식이 틀려.
서로 알아들을 수는 없지만
네가 있다는 것만으로도 안심된다.
아마도 살아 있다는 즐거움이겠지.

412

바람이 돌아간다.
봄을 맞이하기도 전에 찾아온 더위에
발목을 잡히고 말았다.
항상 거기에 있던 선풍기를 꺼내고,

항상 거기에 있던 에어컨 필터를 세척하고
오전은 눈코 뜰 사이 없이 돌아가고 말았다.
알고 보면 모든 것은 제자리에 있었다.
너도 거기에 있다.

413

너를 찾아볼 생각이다.
그러나 어디에서부터
너를 찾아야 할지 알 수가 없다.
무작정 너를 찾아 나선다.
빗방울이 후드득.
조금은 선선해졌다.
너는 바이러스다.
항상 내 주위를 어슬렁거리며 기회를 엿보고 있다.
나는 그런 너를 왜 발견할 수 없는 걸까?

414

너는 내 머릿속에 있다.
하지만 꼭꼭 숨어
내가 찾으려 해도 찾을 수가 없다.
쥐도 새도 모르게 다녀가는 너의
그 잔인함에 나는 또 물리고 말았다.

이번에는 아주 큰 상처를 남기고 되돌아갔다.
너와 한 번이라도 마주쳤으면 좋겠다.
엉덩이라도 뻥 차주게.

415

바람이 좋아서
나뭇잎의 흔들리는 소리가 좋아서
바위 위에 앉아 있다고 말하던 그녀.
비 오는 오늘은 어디에서 바람을 맞고 있을까?
아마도 우산 속이겠지?
비 오는 소리가 좋아서
너는 마냥 걷고 있을지도 모르겠다.
그런 네가 오늘은 너무 보고 싶다.

416

너에게서 내 사랑을 빼앗아 왔다.
별수없이 너는 혼자가 되었다.
내가 네 이름을 불러 주지 않는 한
내 사랑을 돌려받을 수는 없을 것이다.
다른 누군가가 너의 이름을 불러 준다면 다행이다.
그래도 상관없다.
내 사랑을 되찾았기에 다행이다.

417

가만히 지켜보고만 있다.

더는 바라는 것도 없다.

일이 벌어지는 것도 원하지 않는다.

나는 그저 쉬고 싶을 뿐이다.

네가 내게로 되돌아온다고 해도 나는 사양할 것이다.

아무 일도 벌어지지 않는 지금의 시간이 그저 좋다.

나는 쉴 테니 너는 떠들어라!

418

왜 이렇게 불안한 것일까?

무슨 일인가가 벌어질 것만 같은

이 불안함은 뭔가?

일상이 평온할 수만은 없을 것이다.

그래도 그렇지 이 불길한 생각은 근래에는 없었던 생각들이다.

평온한 오후가 되기는 이제 틀려 버렸다.

카페인이 부족하다.

카페인.

419

녀석은 무슨 생각을

그리도 골몰히 하고 있는 것일까?
빠르지도 느리지도 않게 움직이면서
오후를 만끽하는 녀석이 부러울 따름이다.
녀석에게 오후는 한가할 뿐이다.
그래도 녀석의 머릿속 한쪽 구석에서는
불안함을 숨기고 있을지 모를 일이다.
녀석이 부럽다.

420

기다림은 늘 가슴 설레게 하는 것만은 아니다.
오늘도 기다림으로 시작되었다.
그러나 올 거라고 믿었던 사람은 아직도 오지 않는다.
언제쯤이면 올까?
기다림에 치우치는 오늘이 싫다.
안 좋은 소식이 전해질 것 같은
이 불안함은 뭔가?
내 적성에는 맞지 않는다.

42

축제는 여전히 계속되고
나는 그 언저리를 기웃거린다.
언제나 그랬다.

그래서 나만의 축제를 기획해 보지만 마땅히 자신이 없다.

내 축제는 언제쯤 시작될 것인가?

기다려 보면 알 일이다.

하지만 내게는 기다림이 그저 전전긍긍이다.

시간을 노려본다.

422

벌써 에어컨이라니.

실종된 봄을 어디에 가서 찾아야 하나?

오늘은 봄을 애타게 찾아볼 생각이다.

하지만 어디에 숨어 있는지 알 수가 없다.

꼭꼭 숨어라 머리카락 보인다.

하지만 머리카락조차 찾을 수가 없다.

대체 이놈의 날씨는 언제까지 구시렁거릴까?

423

변화가 생겼다.

그 미세함을 찾다가 결국 찾아내고 말았다.

내 작업실 의자가 문제였다.

누군가 의자를 꺼낸 것이 분명한데

아무도 시인을 하지 않는다.

책 배열도 변화가 있다.

누군가 내 작업실을 엿본 것 같아 기분이
그리 흔쾌하지 않다.
범인은 누구냐?

424

⎯⎯⎯

어디에 계실까요?
그래도 천만다행입니다.
이 하늘 아래 어디에선가 있기에.
그래서 가끔은 지나가던
사람을 당신으로 착각하기도 합니다.
다행스러운 일입니다.
혹여 당신에게서 안 좋은 소식이 전해질까 봐 걱정도 합니다.
만약 그렇게 된다면
나 자신을 용서할 수 없을 겁니다.

425

⎯⎯⎯

정열이 문제인 것 같습니다.
당신이 돌아보면 달려가지 못한 것이 후회됩니다.
당신의 주위를 맴돌다가 돌아섰던 내가 원망스럽습니다.
하지만 지금은 당장에라도
당신에게 달려가 안을 수 있을 것 같습니다.
왜 그때는 그러지 못했을까요?

지금은 후회됩니다.

426

변덕스러운 녀석.
날씨는 탓하지 않겠다.
다만,
계절에 익숙하지 않은 나를 탓하겠다.
봄이 되면 여름을,
여름이 되면 가을을,
가을이 되면 봄을 그리워하는
그 모든 것이 다 내 탓이다.
변덕스럽기 짝이 없는 녀석.
언제쯤 정신을 차릴지 나도 잘 모르겠다.
시간을 벼루는 내가 밉다.

427

오늘을 삶아 먹고 싶다.
보기 좋은 수육이 될 것 같은데.
그런데 누구와 함께 먹을 것인가가 문제다.
밖에 나가기는 싫고 그렇다고 누구도
찾아올 리 없는 작업실 한편에 앉아
실하게 살이 오른 오늘을 바라보고만 있다.

그래도 마냥 바라보고만 있을 수는 없지.

428

어떤 상처는 쉽게 아물지만,
또 어떤 상처는 아물기는커녕 덧나기만 한다.
아무리 상처에 약을 발라도 아물 기색이 없다.
언제쯤 되어야 상처가 아물 수 있을까?
오늘은 아물지 않는 상처 때문에 끙끙 앓고 있다.
녹차를 우리면서 너에 대한 생각을 한다.

429

사랑을 찾아오기는커녕
너에게 몽땅 빼앗기고 말았다.
애초부터 사랑을 찾아오리라는 생각은
불가능했는지도 모른다.
너를 알게 된 그 순간부터 난
이미 사랑을 빼앗기고 말았던 것이다.
오늘도 내 사랑을 돌려 달라고 정중히 말하지만
너는 뒤도 돌아보지 않는다.

430

전화해도 전화를 받지 않는다.
조마조마한 오후다.
아무리 생각해도 이해가 가지 않는다.
혹시 무슨 문제가 생긴 것은 아닐까?
걱정만 늘어나는 시간이다.
이런 내 마음 알려나 몰라?
걱정만 하고 있을 수는 없다.
기다림은 오늘도 뼈를 깎는다.

431

내가 걸어가면 너는 뛰어가고,
내가 뛰어가면 너는 걸어간다.
우린 왜 힘든 길을 걸어야 하는가?
우린 왜 상반된 길을 걷고 있는 것일까?
그렇다고 실망만 하고 있을 수는 없다.
이제 네가 뛰어가면 나도 뛰어가고
네가 걸어가면 나도 걸어가 볼 생각이다.

432

꿈속에서 너를 보았다.

가녀린 머릿결이 흩날리고 너의 하얀 얼굴이
자꾸만 나를 꿈속에 머물게 만들었다.
현실이었으면 좋았을 것을.
나는 왜 꿈속에서만 너를 만날 수 있는 걸까?
현실 속에서 너를 만나고 싶다.
그러나 나에겐 마땅히 할 말이 없다.

433

아무 일도 할 수가 없다.
마냥 앉아 있다가 한숨을 쉬었다.
시간을 마냥 먹고 있다.
너에게 가는 길이 쉽지만은 않다.
하지만 기어이 가지 못해 안달 내는 내가 꼭 바보 같은 오후다.
그러면서도 이렇게 앉아만 있는 내가 한심할 뿐이다.
너를 생각한다.

434

어디에 있나요?
보고 있나요?
알 수 없어요.
사랑하는 사람은 가까운 곳에서 찾으라고 했는데
당신은 아직도 보이지 않는군요.

우리 만날 수 있는 건가요?
우리의 사랑이 이루어질 수 있을까요?
나는 아직도 자신이 없습니다.
그래도 여전히 당신을 기다립니다.

435

사랑 타령을 지지고 볶는다.
그러나 그리 맛있어 보이지는 않는다.
사랑 타령보다도 사랑싸움이었으면 좋았을 것을.
그러면 고소한 참깨 냄새라도 풍길 텐데.
나에겐 아직 양념이 부족하다.
양념에 익숙지 않아 무엇을 사용해야 할지 모른다.
그러면서도 사랑 타령이라니.

436

어영부영 시간을 곱씹는다.
이 빈 공간은 대체 무엇이란 말인가?
주위를 둘러봐도 보이는 것은 어둠뿐.
나는 그만 공간에서 허둥대고 있다.
존재의 의미를 망각할 즈음 전화벨이 울린다.
하지만 전화기를 찾을 수가 없었다.
전화벨은 이제 묵묵부답이고.

나는 여전히 공간에서 헤매는 중이다.

437

녹차를 음미한다.
혼자 마시는 녹차는 분위기가 있을 것 같지만
매일 혼자 마시는 녹차는 텁텁하기만 하다.
당신과 함께였으면 좋겠다.
시공간을 넘어 당신에게로 달려가고 싶다.
당신과 함께 마시는 녹차를 생각한다.
그러나 나는 여전히 혼자다.
당신처럼.

438

나사가 하나 빠지고 말았다.
그것도 막상 사용하려다가 알았다.
며칠 전까지만 하더라도 멀쩡했는데
하필이면 오늘 탈이 나고 말았다.
A/S를 받으려면 서비스 센터를 찾아야 하는데
짜증만 잔뜩 나는 오늘이다.
할 수 없이 USB 허브를 신청하고 말았다.

439

어느새 봄은 가고 말았다.

맞이하기도 전에 가버린 봄을 그리워해 본다.

그래도 봄은 오지 않을 것이다.

내년이 되어야 봄을 다시 맞이할 수 있을 것 같은데.

이제는 익숙해져야 할 때다.

이르게도 달려온 녀석.

녀석의 이름에 벌써부터 넌더리가 난다.

440

인정할 때다.

가만히 보면 너무도 미련했다.

눈으로 보지 않고서는 인정하지 않을 거라 생각했지만,

확인한 이상 미련을 부여잡고 있을 수는 없다.

오늘의 메뉴는 인정과 미련이다.

그 새 중간에서 나는 우두커니 앉아 있다.

이제 무엇을 해야 하지?

441

지난밤 누구를 만났는지 기억이 나지 않는다.

내 머릿속 미친개와 미친 고양이가 동시에 나타나

나를 놀리고 간 것 같은데.

아니, 실컷 자기들끼리 싸우다가 간 것 같은데.

집에 어떻게 들어 온지 몰라 전화의 흔적을 찾아 전전한다.

그러나 실마리가 없다.

442

녹차를 우린다.

그런데 다기에 담겨 있는 녹차가 쓸쓸하기만 하다.

두 잔도 아닌 한 잔이라니.

갑자기 외로움이 밀려온다.

혼자가 좋을 때도 있지만 오늘은 둘이고 싶다.

너무도 형편없이 살아온 탓일까?

녹차 그윽하게 나눌 친구가 없다니.

고독이 밀려온다.

443

어디에 있나요?

아무리 찾아봐도 당신은 없습니다.

어느 순간 소리 없이 떠나버린 당신.

하지만 잊지는 마세요.

난 언제나 당신이 떠나간 이 자리에서

당신을 기다리고 있다는 것을.

실컷 날아다니다가 오세요.
기다림은 늘 그런 것이랍니다.
사랑하는 사람에게는.

444

오늘은 향기를 그린다.
쥐도 새도 모르게 밤이면 내려와 번지는
아카시아 꽃향기가 또다시 나를 흔든다.
그녀도 그 향기를 잊지는 못할 것이다.
내가 생각하는 것만큼 그녀도 나를 생각하고 있겠지.
그러나 우리는 이제 남이다.
벌써 몇 년이 흘렀는지 모르겠다.

445

너의 영혼을 만나고 싶다.
그러나 도통 방법을 알 수가 없다.
도대체 어디에 감추어 두었기에 찾을 수가 없는 것일까?
그래도 나는 변함없이 너의 영혼을 찾아 나설 것이다.
점점 희미해져 가는 너의 영혼.
더 희미해지기 전에 너의 영혼을 만나 내 영혼을 보여주고 싶다.

446

가라고 해도 가지 않고 우두커니 서 있는 저 여자.
아무리 약속이 있다고 해도 노려보고 있는 저 여자.
어떻게 하면 돌려보낼까 생각을 해도 해답이 나오지 않는다.
삐쳐도 단단히 삐친 모양이다.
그래도 내가 해 줄 수 있는 말은
약속이 있으니 돌아가라는 말 뿐이다.

447

가지 말라고 해도 가더니
이번에는 오지 말라고 해도 온다.
좀체 알 수 없는 그녀의 성격에
화가 났다가도 어느새 웃고 만다.
상대를 이해해 줄 수 있는 것이 사랑이라고 했던가?
하지만 때로는 이해하지 못할 사랑도 있다.
그것은 바로 집착이다.

448

비를 홀딱 맞았다.
잠깐 병원에 갔다 오는 사이
어느새 빗방울이 굵어져 오도 가도 못했다.

다행히 집이 가까웠기 때문에 달리기 시작했다.
이런 빗줄기가 굵어도 너무 굵다.
결국에는 뛰는 것을 포기하고 걷기 시작했다.
물에 빠진 생쥐 꼴로.

449

빨래를 한다.
시간도 세탁을 할 수 있을까?
세탁을 할 수 있다면 머릿속까지 세탁을 하고 싶다.
칙칙한 오후 녹차를 마시며 잊혀지지 않는 너를 생각한다.
너는 세탁하고 싶은 일부분이기도 하다.
하지만 그럴 수가 없어서 먹먹히 녹차만 마신다.

450

비가 재잘대는 오후
나도 누군가와 수다를 떨고 싶다.
그러나 마땅히 수다를 떨 상대가 없다.
카카오톡으로 문자를 보내 보지만 대답 없이
나만 떠들어 대기 시작한다.
무심한 녀석들.
눈여겨 카톡을 보지만 먹먹할 뿐이다.
이럴 땐 어떻게 해야 하나?

451

부침개를 부친다.
시간을 양념으로 맛있게 부쳐 보지만
같이 먹어 줄 사람이 없다.
입맛이 돌지 않는다.
기름 냄새만 범벅이다.
창문을 열고 비 오는 소리를 듣는다.
녀석 참 경쾌하기도 하다.
마음대로 왔다가 마음대로 가버리는 녀석.
녀석이 부럽다.

452

걷기 좋은 날이다.
오늘은 산책을 나가야겠다.
그런데 어디로 간다?
네 마음속?
아니면 네 주위?
난 언제든 준비가 되어 있다.
네가 원한다면 어디든 달려갈 수 있을 것 같은 날이다.
하지만 나는 오늘도 망설이고 있다.
네게 나는 어떤 존재인지 몰라.

453

너를 만나러 가는 중이다.

반가워할지는 모르겠다.

그래도 오늘은 네 곁으로 가기로 마음먹었다.

어떤 핑계도 대지 않겠다.

그냥 네가 보고 싶을 뿐이다.

너를 만나지 못하면 견딜 수 없을 것 같기 때문이다.

기다려라.

네 마음을 오늘은 꼭 훔칠 터이니.

454

무작정 걸었다.

질리도록 걸었다.

목적지는 없었다.

걷다 보니 다시 되돌아오고 싶었다.

차를 탈까 생각하다가 다시 걷기 시작했다.

시간을 걸을 수 있었으면 좋겠다.

그러면 다시금 원하는 시점으로 되돌아갈 수 있을 텐데.

나는 다시 원점에서 시작하고 싶다.

455

걷다 보니 너무 많이 걸어왔다.
그것도 아무 생각 없이 걷기 시작한 것이.
되돌아갈 생각을 하니 막막하다.
차라리 너에게로 향했더라면 벌써 만나고도 말았을 것이다.
다시 너를 만나겠다는 생각으로 되돌아섰다.
그러나 엄두가 나질 않는다.
바보 멍청이.

456

오늘은 너에게로 가려다가
동네 한 바퀴를 돌고 집으로 돌아왔다.
너에게로 가는 길이 그렇게 힘든 줄은 몰랐다.
그랬다면 너를 떠나보내지 않았을 것이다.
녹차 한잔의 그윽함보다도 먼저 찾아온 외로움.
내 뜨락은 허전하기만 하다.
네가 와서 놀아 주렴.

457

너무 많이 걸었던 탓일까?
걷는 것도 이젠 질렸다.

오늘 같은 날은 수영장이나 가야겠다.

수영에 푹 빠져 살던 때가 엊그제 같은데

이젠 수영에 미련이 없다.

그러고 보면 나는 질리기도 참 많이 하는 것 같다.

그래도 너에 대한 그리움은 질리지 않는다.

458

걷기 시작하니 걸을 만하다.

아무 생각 없이 걷기만 했다.

문제는 심심하다는 것이다.

같이 걸을 수 있는 사람이 있었으면 좋겠다.

수다를 떨며 걷기 시작하면 한없이 걸을 수도 있을 것 같은데.

어디까지 걸었는지 모르겠다.

지금은 다리의 이정표를 살피는 중이다.

459

이 찜찜한 기분은 뭐지?

나는 이정표를 찾지 못했다.

목적지도 없다.

그래도 걷는 것을 포기하지는 않았다.

골목길에서 길을 잃었을 때와는 전혀 다르다.

대로변에서 길을 잃었으니 바보도 이런 바보가 없다.

보행자 도로만 보일 뿐이다.
어쨌든 오늘은 계속 걸어야 할 것 같다.

460

그녀는 평범하게 살기를 원했다.
해서 나도 그녀처럼 평범하게 살기로 했다.
우리는 지금도 평범하게 살아가고 있고
그 어떤 것에도 의미를 부여하지 않는다.
언제까지 이 지루한 일상이 계속될지는 모르겠지만
분명한 것은 우리가 평행선을 달리고 있다는 것이다.

461

산을 오른다.
몇 년 만인지 모르겠다.
평지를 걷는 것보다는 조금 더 힘이 들지만
그래도 걸을 만하다.
무리하지 않기.
되도록 천천히 걷기.
욕심 부리지 않기.
걷는 것에도 법칙이 있다.
오르고 또 올라도 보이지 않는 정상.
그래도 정상을 향해 걷는다.

462

너를 만나러 갔는데 네가 없다.
전전긍긍하다가 되돌아오는 길.
온통 너에 대한 생각뿐이다.
너의 부재중이 나에게 이렇게 걱정이 될 줄은 미처 몰랐었다.
네가 보고 싶어 미칠 지경이다.
내일이면 볼 수 있을까?
아니면 영영 너를 만나지 못할지도 모른다.

463

우산을 쓰고 걷기 좋은 날.
그런데 오늘따라 차분하지 않다.
아마도 네 생각 때문일 것이다.
너를 생각하면 어디든 걸어갈 수 있을 것 같다.
이런저런 잡다한 생각이 들어도 어디 네 생각만 하겠는가.
오늘은 너만 생각하며 걸을 생각이다.
좋아 죽겠지?

464

연락이 없다.
그래도 기다려 볼 작정이다.

무소식이 희소식이라고 하지 않던가?
그래도 너무 했다.
그렇게 많은 시간을 기다렸는데도
너에 대한 소문은 들을 수가 없다.
어디로 사라져 버린 것이냐?
내 전화번호는 그대론 데.
전화해라.
꼭.
기다리고 있을게.

465

어디에 있을까?
넌 내 마음속에 그대로 남아 있는데
정작 너를 만날 수는 없다.
어떻게 해야 할지 모르겠다.
이제는 자존심도 모두 쓰레기통에 던져 버리고 말았다.
그래도 만날 수 없다면 별수없다.
내 기억 속에서 너를 모조리 지우는 수밖에.

466

항상 평지만 있는 것은 아니다.
오르막이 있으면 내리막도 있고

울퉁불퉁한 길도 있다.
오늘은 어떤 길을 걸을까 생각 중이다.
혼자 걷는 길이라 어디든 상관없다.
하지만 상대가 있으면 다르다.
선택의 여지는 반으로 준다.
그래서 나는 혼자 걷기를 즐겨 한다.

467

나비가 울창하구나.
소리없이 날아다니는 나비가 발길에 치일까 걱정되는 길.
싱그러움이 느껴진다.
마음 같아서는 나의 불면을 깨우는 흐름을 나는 움켜잡고 싶다.
오늘 밤은 불면을 날려 버릴 수 있을 것 같기도 하다.
흐름을 따라 나는 걷고 또 걷는다.

468

이 길은 누가 만들었을까?
언제부턴가 만들어지기 시작한 길.
혼자서 만들지는 않았을 것이다.
여러 사람들이 지나가면서 자연히 생겼을 것이다.
나도 그 많은 사람들 중의 하나다.
오르락내리락.

그리 험하지 않은 길,
즐겨가며 걷는 이 길이 좋다.

469

길지도 짧지도 않은 시간을 아껴가며 걷는다.
함께 걷는 이가 없다는 것이 아쉬울 따름이다.
그러나 오고 가다가 만나는 사람들이 있어서 외롭지는 않다.
생각을 할 겨를 없고.
모든 근심 걱정을 버린다.
나는 오늘도 이 길에 서 있다.

470

이 녀석 참 마음에 들지 않는다.
공장에 되돌려 보냈다가 다시금 돌아왔는데
나사가 하나 빠진 것처럼 버벅대기 일쑤다.
아무래도 노트북을 새로 사야 할 것 같다.
그런데 들어간 돈이 아까워 이도 저도 못하고 있다.
내가 너무 많은 것을 바란 것은 아닌지?

471

산에 가자던 녀석이 잠수를 타 버렸다.

아무리 전화를 하고 카톡을 날리고 문자를 보내도 감감무소식이다.

할 수 없이 혼자서 짐을 꾸려 산행에 나섰다.

그런데 왜 이리 허전한지 모르겠다.

야속한 녀석 같으니.

수다라도 떨 친구가 있어서 좋아했는데.

472

어디에 있나요?

아무리 찾아봐도 당신은 보이지 않습니다.

언제부턴가 당신이 보이지 않았습니다.

그런데도 난 당신을 찾을 생각을 하지 않았습니다.

이제 생각하니 너무도 자연스러웠습니다.

당신은 내게로 올 때도 그랬습니다.

우린 인연이 아니었나 봅니다.

473

오르는 길은 어렵지만,

정상에 서서 아래를 내려다보면 더없이 상쾌할 수 없습니다.

온몸은 땀으로 젖었지만 잠시 쉴 수 있어서 좋습니다.

하지만 다시 내려가야 합니다.

내 포근한 보금자리로.

내려가는 길은 쉽습니다.

좀더 여유로울 수 있어서 좋습니다.

474

새근새근.
너의 꿈속을 기웃거려 본다.
내 생각은 하고 있는 걸까?
아주 긴 시간이 흘렀다.
그동안,
네 꿈속을 서성인 것이 얼마였던가?
이제는 가늠할 수 없을 것 같은데.
그래도 나는 오늘 너의 꿈속에서 내가 춤을 추었으면 좋겠다.
꼬마야.

475

산행을 준비 중이다.
이 시간에도 산에 오르는 이가 있을까?
있을지도 모른다.
아마 있을 것이다.
누군가는 바삐 하루를 시작하고
누군가는 알차게 하루를 시작한다.
하지만 너무 부지런을 떨지 말았으면 좋겠다.
지치는 일상이 되지 않았으면 하는 바람이다.

476

얼마를 걸었는지 모르겠다.
이 길이라는 놈은 끝이 없다.
없으면 만들어서라도 가는 것이 길이다.
내 인생의 길도 한없이 길기만 하다.
어느 즈음에 와 있는지 알 길이 없어서 답답할 뿐이다.
그래도 서두르지는 않을 참이다.
지금은 헛다리짚어서 당황하는 중이다.

477

무엇 때문에 그렇게 힘겹게 올라가는지 모르겠다.
굳이 힘겹게 올라가더라도 다시 내려올 것을.
그런데 막상 발을 들여 놓으면
올라가지 않고는 배길 수가 없다.
오늘도 그랬다.
비록 혼자서 걸었지만 심심하지는 않았다.
아마도 오르기 위해 마음 다져 먹었기 때문일 것이다.

478

지옥을 걸었다.
천상이었으면 좋았을 것을.

몸이 마음대로 따라주지 않아 걷다 주저앉기를 반복했다.
아마도 내 머릿속의 개가 다시 나타난 모양이다.
녀석을 때려잡기 위해 안간힘을 써 보았지만,
소용이 없었다.
오늘 다시 걷는다.
녀석의 흔적을 찾아.

479.

아직은 별 소식이 없다.
이처럼 평온한 하루였으면 좋겠다.
하지만 내 욕심일지 모른다.
벌써부터 걱정이다.
이 불길한 예감은 무엇이란 말인가?
숨도 제대로 쉬지 못하고 웅크리고 앉아
시간을 흘려보낸다.
분명히 녀석이 쳐들어오고야 말 것이다.
기다린다.

480

거친 숨소리.
지쳐가는 발걸음.
숨이 턱까지 차오르는데도 갈 길은 아직 멀었다.

언젠가는 걸어야 할 길이지만
도시락으로 남겨 두고 싶은 생각이 굴뚝같다.
이즈음에서 도시락을 까먹으며 쉴 수만 있다면 얼마나 좋을까.
어쨌든 갈 길은 아주 멀다.

481

온몸이 땀으로 젖었다.
그래도 기분이 나쁘지는 않다.
무언가 해낼 수 있다는 자신감이 어느새 생겼다.
얼마 만에 느껴보는 뿌듯함인가?
그래도 아직 자신만만하기는 이르다.
허세를 부리다가 보면 뒤처지기 나름이다.
얼마간은 자신감을 바닥에 내려놓자.

482

나 여기 있을게.
네가 다시 돌아올 때까지.
그래도 네가 되돌아오지 않을까 봐 걱정이야.
차라리 내가 먼저 너를 떠날걸 그랬어.
그랬다면 이 지루한 기다림은 없었을 텐데.
언제까지 너를 기억하며 기다릴 수 있을까?
알 수 없어서 가슴이 아파와.

됐니?

483

뜬 눈으로 밤을 보내고 또
뜬 눈으로 밤을 보내도 잠이 오지 않아.
모두가 다 네 책임이야.
그렇다고 너를 원망하지는 않아.
모두가 내 책임이라고 단정해 버리고 나서야
더 여유로울 수 있겠지.
그래,
얼마 지나지 않아서 난 포기하고 말 거야.
우리 걸을까?

484

아무리 충고를 해도 말을 듣지 않는 녀석.
언제 쓰러질지 모르는 몸뚱어리를 혹사하는 녀석.
녀석이 한심해서 안 볼까도 생각해 보았지만
그래도 친구인 지라 소용이 없다.
나는 오늘도 녀석을 질겅질겅 씹어댄다.
아무리 쓰러진다 해도 녀석에게는 씨도 먹히지 않는다.

485

핸드폰만 만지작만지작.

너는 내 곁에 없어.

전화번호가 남이 되어 채근하듯 끊어져 버렸다.

그래도 네 곁에 있을 때가 좋았는데.

아무런 소식도 없이 떠나가 버린 너.

언젠가는 그녀가 되돌아올지도 몰라.

전화번호를 바꿀 수조차 없는데.

어쩌지?

486

아메리카노 한 잔의 여유를 부려보는 오후.

너와의 이별보다는 더 달콤해.

돌아본다 해도 너는 없는걸.

어쨌든 나는 지금의 나로 만족해야 할 때.

모든 것이 다 귀찮아지는 시간.

너는 누구와 차를 마시고,

누구와 식사를 하니?

남자 친구는 생겼니?

487

무심코 걸려온 전화.
무심코 받은 전화.
전화기 저편에는 네가 있었다.
알면서도 끊어버리고만 나.
자존심이 밥 먹여주는 것도 아닌데.
한 손에 자존심을 움켜쥔 채 씩씩거려 봤자
모두가 내 손해인데.
바보 멍청이 같으니.
여전히 핸드폰을 만지작거린다.

488

뭐 어때?
모두가 자기 잘난 맛에 사는 거야.
못난 사람도 자기 잘난 맛에 사는 거지.
남을 탓하지는 마.
모두가 네 잘난 탓이니까.
오늘은 잘난 생각도 못난 생각도 모두가 귀찮아.
음악을 들으며 차분하게 심호흡을 하는 중이야.
시간은 소리 없이 흐르고.

489

얼마나 지났을까?

만날 기약없이 스스로 은밀하고 야무지게 흘러 버린 시간.

많은 것을 바랐던 것은 아니다.

하지만 무미건조하게 헤어질 바에야

이별을 통보했더라면 아쉬움이 남지는 않았을 것이다.

만나지 말걸 그랬어.

490

얼마나 마셨기에 블랙아웃이 되고 말았다.

세상의 개들을 모조리 불러 모은 모양이다.

그중에서도 내 머릿속의 개는 튀어나왔다가

되돌아 들어가기를 반복했다.

얄미운 녀석.

나왔으면 내 멱살이라도 잡고 집으로 데려갈 것이지.

녀석은 남의 일처럼 생각한다.

491

너인 나에게 경고한다.

제아무리 발버둥 쳐 봤자 소용없음을 알면서도

긴장하지 못했던 것에 경고할 수밖에 없다.

모두가 나에게서 비롯된 것이다.
혼을 내 줘야겠다.
일주일 동안 외출금지다.
너무 야속하다고 생각하지는 마라.
전화기도 압수다.

492

이 빌어먹을 데자뷰는 뭔가?
내 일상이 단조롭기 때문인가?
아무래도 일상의 패턴을 바꿔야 할 것 같다.
사람이 갑자기 변하면 일찍 죽는다는데.
하지만 어쩔 수 없다.
빨래판 복근은 어디론가 자취를 감추고.
내일 당장이라도 수영장에 가야겠다.

493

소주를 마신다.
갑자기 친구 녀석의 전화를 받고 열이 올라 참을 수가 없다.
그녀의 소식을 전해준 것은 고맙지만 차라리
듣지 않았으면 좋았을 것을.
어쨌든 소주는 언제나 쓰다.
그녀 역시 쓴 소리만 했다.

가라, 가거라.
이제는 기다림이 쓴맛을 품는다.

494

정말 미안해.
무슨 말을 할 수 있겠니?
이미 벌어진 일이고 더는
돌이킬 수도 없는 일이 되고 말았는데.
거울을 들여다보면 한숨만 나오고.
남을 탓할 수도 없는 것을.
다시는 그런 오기를 부리지 않길 바라.
약속을 걸어 보지만 과연 지켜질까?

495

8월을 기다린다.
그때쯤이면 상처도 아물 것 같은데.
더 큰 상처를 만들지 않길 바라며
시간의 흐름을 느껴본다.
아직도 멀었지만,
그것도 잠시일 뿐이다.
이럴 땐 시간이 멈추지 않고 달려가는 것이 고맙다.
하지만 시간을 너무 막 써버리는 것은 아닌지?

496

카톡 울림에 잠에서 깼다.
질긴 녀석 같으니.
카톡을 얼마나 보냈는지 260회가 넘는다.
카톡을 들여다보니 한숨만 나온다.
아마도 확인할 때까지 오기로 보낸 것 같다.
확인하는 동안에도 카톡은 날아오고
돌멩이가 되어 내 심장을 겨냥한다.
알았다, 알았어.

497

걱정이다.
과연 원상태로 복구가 가능한 것일까?
얼굴에 난 상처가 지난밤을 원망으로 찢어 놓는다.
도대체 어떻게 된 일인지 알 수가 없다.
미친개에게 단단히 물린 것 같은데.
후회할 수 없음이 안타깝다.
그래 모두가 내 잘못이다.
기억 속을 헤맨다.

498

이 사랑이 걱정스럽다.

이미 주어버린 사랑이지만 가끔은 흔들릴 때가 있다.

오늘이 그런 날이다.

하루 종일 전화를 해도 응답이 없는 그녀.

무슨 일이라도 생긴 것은 아닌지

걱정을 하면서 다시 핸드폰을 든다.

그래도 감감무소식이다.

응답 없는 사랑이다.

499

걷다가 지쳐버렸다.

언제든지 걸을 수 있을 거라고 생각했는데

벌써 꾀를 부리고 있다.

오늘 못 걸으면 다음날 걸으면 되지 라고 생각하지만

큰 오산이다.

오늘 못 걸으면 오늘은 영영 못 걷는 것이다.

내일 걷는 것은 오늘과 다르다.

내일은 내일일 뿐이다.

500

언제부터였을까?

내 마음속에 들어와 사랑을 빙자해 간음을 시작한 때가?

그때는 진정 사랑인 줄 알았다.

그리고 여전히 사랑이라고 한 치의 의심도 하지 않고 있다.

그런데 가식이었다.

그녀도 그렇고 나도 그렇다.

식어버린 사랑을 뭉쳐 발로 뻥 차버리고 싶다.

501

오늘을 외상으로 남겨두고 싶다.

아니 저축하고 싶다.

시간이 없을 때 조금씩 빼내어 쓸 수만 있다면 얼마나 좋을까?

그럴 수 없어서 안타까울 뿐이다.

그래 오늘 남은 시간을 악착같이 써보자.

아직 늦지 않았다.

아깝지 않은가?

시간은 내 것이 아니다.

502

무의미해진 오전이 가고 있다.

언제나 착각 속에 살아왔던 나다.

오늘도 어쩌면 착각 속에서 헤매고 있는지도 모르겠다.

일상의 반복을 한입씩 베어 물며

한숨을 푹푹 쉬어대는 내가 한심스러울 뿐이다.

일상의 변화가 필요하다.

하지만 난 일상에서 결국 헤어나지 못한다.

503

어디로 가야 할지 모르겠다.

길을 잃어버렸다.

다른 때 같았으면 길을 잃지 않았겠지만,

오늘은 이상하게도 늘 걷던 그 길을 잃어버리고 말았다.

때로는 길을 잃어버릴 때도 있는 법이다.

나는 무심코 앞만 보고 걸어간다.

멈출 수는 없다.

멈추면 영영 길을 잃을 것이다.

504

조금만 참을걸.

괜히 일을 만들고 말았다.

평온할 것 같은 오늘도 이렇게 후회의 실마리를 밟고 말았다.

그래도 당하고 있을 수만은 없었다.

어쨌든 벌어지고 만 일이다.

후회해 봤자 소용없는 일이 되어버리고 만 것이다.

할 수 없이 먼저 손을 내밀어 본다.

505

어디로 가야 할까 망설이는 중이다.

길은 셀수없이 많다.

그중에서 한 길을 선택해야 한다.

미련을 남길 선택은 하고 싶지 않다.

그래서 더욱 신중해야 한다.

단순한 선택도 싫다.

조금 돌아가더라도 그 길이 옳다면 나는 그 길을 선택할 것이다.

506

처량한 오후가 되고 말았다.

내 님은 언제 오시는지.

내 마음속에 꼭꼭 숨겨 두었던 그녀를 살짝 불러 본다.

하지만 대답이 없다.

내가 너무나 무심했던 탓일 게다.

다시 한번 불러 보지만 아무런 대답이 없다.

삐쳐도 단단히 삐친 모양이다.

빌어먹을 첫사랑!

507

당신이 그리워지는 건 왜일까요?

이별의 알림 없이 기억 속에 희미하게 남아 있는 당신.

오늘 같은 날은 시장에 들러 부침개를 먹고 싶어집니다.

하지만 당신은 없습니다.

아무리 불러도 당신이 오지 않을 거라는 것도 알고 있습니다.

508

기다림은 늘 외롭다.

미련 또한 외롭다.

그 시간을 잘근잘근 씹어 본다.

질긴 고무줄을 씹고 있는 것처럼 머릿속이 자꾸만 늘어진다.

포기하고 자리에서 일어나 밖으로 뛰어나가고 싶다.

도대체 기다림과 미련은 누가 만들어 놓은 것인가?

바로 당신?

509

비 온 뒤 나비가 사뿐사뿐 날아다니듯이

당신도 그렇게 날아왔다.

이유는 알 수가 없다.

당신이 떠나간 날 이후로도

당신이 내게 온 이유를 알 수가 없다.
당신이 떠나간 이유도 알 수가 없다.
비가 오는 날 어딘가로 날아가
또 어디엔가 사뿐히 앉았겠지.

510
❦

안녕하신가요?
이렇게 비가 많이 내리는 날이면
당신의 안부 먼저 걱정이 됩니다.
어디 아픈 건 아니겠죠?
아픈 마음의 상처는 다 나았는지,
홀로 쓸쓸히 빗속을 걷는 건 아닌가? 해서 걱정이 됩니다.
많이 아파하지 마세요.
비가 내리는 날이 있으면 맑은 날도 있는 법이니까요.

511
❦

입맛도 없습니다.
점점 무기력해져 갑니다.
걷는 것도 이제는 지쳤습니다.
의욕도 없습니다.
당신 탓은 아닙니다.
당신은 나를 탓해도 좋습니다.

그러나 나는 당신을 탓할 수 없습니다.

비가 지나가기를 기다립니다.

아직도 당신은 거기에 있겠죠?

512

지금 뭐하니?

대답이 없다.

아니 대답할 수 없을 것이다.

너는 내가 생각하는 곳보다 더 멀리 있기 때문이다.

보고 싶어도 볼 수 없는 곳.

그래도 너를 잊어 본 적은 없다.

너는 내 가슴에 대못으로 박혀 있기 때문이다.

사랑이 대못이 될 줄은 몰랐다.

513

너는 구름이다.

먹구름일 때도 있고 뭉게구름일 때도 있다.

어떨 때는 빗방울이 되어 나를 걷게 한다.

오늘은 심하게 화가 난 모양이다.

거센 비바람이 되어 걷는 것조차 용납하지 않으려 한다.

너의 변덕에 나는 갈팡질팡이다.

그런 너는 애절한 사랑이다.

514

꿈속이려나?

너를 보았다.

밝고 상냥한 모습.

환하게 웃는 모습의 너를 보는 순간

내 가슴이 울렁거리기 시작했다.

안절부절못한 채 너를 바라보기만 했다.

어떻게 말을 붙여야 할지 몰라 넋 놓고 서 있었다.

그러다가 네가 뒤돌아섰다.

그것이 전부였다.

515

바라보고 싶어도 바라볼 수 없다.

말을 걸고 싶어도 그럴 수가 없다.

그렇다고 이렇게 시간을 낭비하고 싶지는 않다.

그래서 너에게 말을 걸었다.

아무리 말을 걸어도 너는 대답이 없다.

몽환의 심오함을 씹는다.

언젠가 너는 그렇게 내게로 왔다가 갔다.

516

어디쯤이야?

훔쳐간 내 사랑을 돌려주겠다며 전화를 걸어왔다.

일방적으로 만나자는 약속을 하고는

그녀는 다시 재촉이다.

재촉해야 할 쪽은 바로 나다.

내 사랑이 쓰레기가 되어 버린 씁쓸한 기분이다.

그녀는 무슨 배짱으로 그렇게 당당한 것일까?

517

비는 오락가락 변덕 중이다.

그런데 나는 아침부터 사랑 타령이다.

빌어먹을 사랑이 밥 먹여 주나.

그러나 무시 못할 것이 사랑이다.

사랑 타령에 하루 종일 넋 놓고 앉아 있었다.

내 사랑은 어디로 갔나?

집 나간 내 사랑이 되돌아와 주기를 바라면서 나를 재촉한다.

518

아무리 말해도 알아듣지 못한다.

남의 말은 잘 들으면서 내 말은 소귀에 경 읽기다.

고집스러운 녀석.

고집도 부려야 할 때 부려야 하는 것을 모른다.

자신이 옳다고 여기면 오직 그것에만 몰두한다.

쓰러져 죽는 한이 있어도 녀석이 옳다면 옳은 것이다.

오늘도 나는 녀석의 고집을 발로 짓밟는다.

519

왜 못 잡아먹어 안달인지 모르겠다.

어제도 그렇고 오늘도 그렇다.

아마도 내일도 그럴 것이다.

하루하루가 바늘방석 같다.

그렇다고 나무랄 수도 없다.

실수를 긍정으로 받아들일 수는 없는 것일까?

하지만 나의 실수는 부정에 가깝다.

520

왜 자꾸만 연연하는 것일까?

이제 그녀는 없다.

마음속에서 그녀의 흔적을 송두리째 지워야 할 것이다.

그런데도 나는 미련에 사로잡혀 그녀를 떠나보내지 못하고 있다.

이렇게 시간을 잡아먹고 있는 내가 미련스럽다.

사랑이었기에 한동안은 아플 것이다.

521

거기 있나요?

거기 있나요?

내 목소리가 들리나요?

한없이 불러도 당신은 대답이 없습니다.

언제부터였는지도 가물가물 합니다.

언제부터 당신을 부르고 다녔는지 알 수 없습니다.

어디에 있나요?

거기가 어딘가요?

당신이 부르면 달려가 당신은 꼬옥 안아줄 겁니다.

522

안개 속인가?

구름 속인가?

몽환의 흐름을 따라 걷는다.

어디까지 갈 수 있을까?

혹 내 머릿속의 미친개가 불쑥 튀어나와

훼방하지는 않을까 하는 생각에 잠길 즈음

내 발걸음은 멈추고 말았다.

아련하게 들려오는 소리.

바람이 나에게로 왔다가 갔다.

523

나는 앞만 보고 걸었다.
그런데 생각해 보면 바로 코앞만 보고 걸었을 뿐이다.
왜 난 더 멀리 볼 수 없었던 것일까?
더 멀리 보고 걸었다면 더 멀리 걸어갔을 것이다.
하지만 후회는 없다.
바로 앞도 보지 못하는 것보다는 낫지 않은가?

524

아이스 아메리카노가 생각나는 오후.
그런데 같이 마실 사람이 없다.
내가 그렇게 막살아 왔나? 하는 생각이 드는 순간
핸드폰을 들었다.
하나같이 모두 부재중.
그럴 거 핸드폰은 왜 들고 다니나?
개중에 연락이 닿은 친구.
휴가 갔단다.

525

앞에 가는 여자들의 대화를 엿들었다.
"나 캠핑 가고 싶어"

"그냥 가면 돼. 나 장비 다 있어."

아 부럽다.

나도 살짝 끼어 가면 안 될까?

텐트 쳐주고 고기 구워 주고 설거지까지 해 줄 수 있는데.

너무 열심히 엿들었나?

앞에 가던 아가씨가 뒤돌아본다.

526

무더운 날씨에 변덕스럽게도 비가 그리워진다.

물 폭탄이 아니라 부슬비면 더 좋겠다.

신발 젖을 일도 없을 테고

까짓 거 살짝 비를 맞아줄 호기도 있다.

비가 올 때는 너무 와서 걱정이고

맑은 날이면 너무 더워서 문제고.

절로 사람들을 간사하게 만드는 날씨.

527

내 화단에 배설하고 가는

고양이의 출처를 오늘에야 알아냈다.

고양이는 내 화단에 배설하고

옆집 여자는 그런 고양이에게 밥을 주고.

도둑고양이가 아니라 풀어 키우는 고양이였다.

배설을 남발하는 녀석들을 어떻게 해야 하나?
쥐약을 놓으면 범죄다.

528

내 머릿속에
미친 고양이 한 마리쯤 더 넣어 주어야겠다.
한 마리만으로는 미친개를 상대하기에는 역부족인 것 같다.
내 머릿속에서 미친개가 튀어나오면 미친 고양이도 덩달아 튀어나오지
만,
상대가 되지 않는다.
늘 이기는 쪽은 게거품을 문 미친개다.

529

오솔길을 걷는다.
땀은 비 오듯이 쏟아지고 나무 그늘은
나를 유혹하지만 멈출 수는 없다.
나는 왜 걸어야 할까?
선뜻 대답하기 어렵다.
무작정 걷고 있다.
그런 내가 가끔은 낯설 때가 잦다.
그래도 걷고 나면 상쾌하다.
난 언제까지 걸을 수 있을까?

530

아무 말도 하지 마.

지금 나 심각하거든. 하면서 오히려 그녀를 몰아쳤다.

생각해 보면 그녀의 입장에서

생각해 본 적이 한 번도 없다.

그래도 그녀는 잘 견뎌왔다.

그러다가 옆이 허전하다고 느끼는 순간 그녀가 없다는 것을 알았다.

조금만이라도 민감했더라면.

531

몸이 근질거린다.

어디론가 떠나긴 떠나야 하는데

마땅히 생각해 둔 곳이 없다.

자꾸만 망설이고 있다.

떠나면 그만인데 뭘 그렇게 망설이느냐고 탓하지만,

아직 끝나지 않은 장마도 마음에 걸린다.

돌아오기 위해 떠나는 여행.

떠나기 위해 돌아오는 여행이었으면 좋겠다.

532

흐르는 땀은 주체할 수 없고,

그래도 나는 계속 가야 한다.
불어오는 신선한 바람이 땀을 식혀 주고,
나는 이 계단을 계속해서 오른다.
정상으로 향하는 길.
오르기 위해 오르는 것이 아니라 내려오기 위해 걷는다.
내 인생을 되돌아보는 순간이다.

533

너는 언제나 변함이 없다.
나는 모질게도 너를 대한다.
그래도 너는 변함이 없다.
어떻게 해야만 변할 것인가?
나는 그만 뒤돌아선다.
네가 변하지 않는 한 뒤돌아보지 않을 셈이다.
그래도 너의 고집을 꺾을 수는 없다.
너는 변하지 않을 것이다.
내가 떠난다 할지라도.

534

어디 보자.
너는 어디쯤이냐?
가늠해 보아도 도통 알 수가 없다.

너와 내가 걷는 길이 다르기 때문이다.
물론 머릿속에서 키우는 개도 다르다.
내가 키우는 개가 미친개라면
네가 키우는 개는 재롱을 잘 부리는 반려견이다.
어쨌든 나는 너와 함께하고 싶다.

535

오늘은 심심하다.
네가 곁에 없기 때문이다.
억지를 부려 너에게 다가가고 싶지만
그건 미련에 불과하다.
돌아오지 않을 걸 알면서도 기다리고 있는 내 모습이
너무도 초라하게 보인다.
그래도 어쩔 수 없다.
한동안은 억지를 부릴 샘이다.
어쩔 수 없는 일이다.

536

벌 몇 마리가 꼬였다.
너희는 도대체 어디서 날아오는 게냐?
이 도심에서 꽃을 찾아 헤맸을 너희가
고단해 보이지만 얼굴에는 웃음꽃이 활짝 폈다.

그래도 너희가 나보다 났구나.
님을 보았으니 오늘은 곤히 잘 수 있겠구나.
나는 홀로 지새울 밤이 무섭다.

537

사랑은 연필로 쓰세요.
쓰다가 틀리면 지우개로 지워야 하니까!
나는 애초부터 매직으로 사랑을 썼다.
그래서 선택의 여지가 없었는지도 모르겠다.
그렇다고 후회한다는 말이 아니다.
가끔은 지우개로 지우고 새롭게 쓰고 싶을 때가 있기 마련이다.

538

열쇠를 찾지 못했다.
수많은 열쇠 중에 너의 가슴을 열
열쇠를 찾기란 쉬운 일이 아니다.
힌트라도 준다면 좋으련만.
차근차근 열쇠를 찾아볼 생각이다.
열쇠가 수천 개가 되더라도
나는 너의 가슴을 꼭 열고야 말 것이다.
하지만 오해는 마라.
집착은 아니니까.

539

동네 한 바퀴 어슬렁거려 본다.
이렇게 여유롭게 동네를 어슬렁거려본 지도 꽤 오랜만이다.
그러나 나를 알아보는 사람은 없다.
내가 보는 시각도 모두가 낯설다.
스쳐 지나가는 일상에 나도 모르게 나를 감추고 있었던 탓이다.
오늘부터라도 마음을 열어보자.

540

골칫거리가 해결되었다.
이 홀가분한 기분.
하지만 언제 또 골칫거리가 생길시 모른다.
미리 예견할 수 있다면 좋으련만
그러지 못해서 인생은 항상 버겁다.
그래도 묘미가 있지 않은가?
하루하루를 지루하게 살아가는 것보다는 낫다고 생각하는데.

541

성형외과에 다녀왔다.
내 머릿속의 미친개가 만들어 놓은 상처를 마무리 짓기 위해서.
하지만 언제 또 미친개가 활개를 치고 다닐지 모르는 일이다.

활개를 치더라도 제발 얼굴만은 건들지 말기를.
녀석에게 영수증이라도 청구해야겠다.
나쁜 녀석!

542

지난밤 비가 오는 와중에
박스를 수집하는 그녀를 보았다.
그러다가 손수레가 기울면서 박스가 바닥에 무너졌다.
아랑곳하지 않고 다시 박스를 쌓아 올리는 그녀.
안타까워 우산을 받쳐 주었다.
그래도 마음은 편치 않다.
나도 나이 들면 저런 소일을 하려나?

543

나른한 오후가 싫다.
아무 일도 벌어질 것 같지 않은 이 무료함이 싫다.
멍하니 앉아 있다.
녹차라도 내려 마셔야겠다.
그런데 귀찮다.
이 이중성.
간사하기 그지없는 내 심적 일상이 무료함을 지지하고 있다.
몸은 근질거리는데.

오늘은 이대로 가만히?

544

거울에 먼지가 내려앉았다.
그동안 거울을 보지 않았다는 말이다.
외모와 내면 사이에서 갈등하는 시간.
나는 그 시간을 외면하고 말았다.
무작정 제 잘난 맛에 일상을 걸어왔다.
먼지가 내려앉은 거울을 보면서 얼마나 더
내 자신을 모른체 할 것인가에 대해 생각해 본다.

545

짙은 안개 속을 걷고 싶다.
한 치 앞도 보이지 않는 그런 길을 걷고 싶다.
남의 시선을 경계하지 않아도 될 그런 안개 속.
물론 혼자면 좋겠다.
그래, 알고 보면 인생이 그러하다.

546

사랑해!
그 말이면 뭐든지 다 통하는 줄 알았다.

그래서 입에 사랑해를 달고 다녔다.

그런데 착각이었다.

처음은 사랑일지 몰라도 시간이 흐르면 익숙함이다.

나는 지금 익숙해져 가는 중이다.

빌어먹을 혼자라는 것에.

왜 하필이면 나는 혼자를 택했을까?

547

이를 어째.

솥이 시꺼멓게 타 버렸다.

내 속만큼이나 시꺼멓게 타버린 솥을 바라본다.

조금만 늦었어도 불이 났을 터였다.

그래도 다행이다.

환기를 시키고 앉아 있다.

내 마음도 환기를 시킬 수 있었으면 좋겠다.

이렇게 하루가 먹먹하지는 않을 테니.

548

이 녀석은 시도 때도 없이 들어온다.

자기의 공간이 아니면서 마치 제집처럼 들어와

활개를 치고 다닌다.

쫓아내려 안간힘을 써도 도무지 쫓아낼 방법이 없다.

그럴 때는 눈 딱 감고 포맷이다.
그래도 흔적이 남는 듯 찜찜하기 그지없다.
어쨌든 나쁜 놈이다.

549

밤새도록 녀석과 씨름을 했다.
나가지 않으려 버티고 선 녀석.
악착같이 빼먹을 건 다 빼먹으려 한다.
체력이 고갈되어 갈 즈음 녀석의 꼬리를 밟고 선다.
그래도 녀석은 대수롭지 않은 듯 헛웃음만 뱉어낸다.
아직도 녀석을 어떻게 혼내줄까 생각 중이다.

550

어떻게 하면 좋을까?
가만히 보고 있자니 속이 터진다.
그래도 손끝 하나 닿지 못하게 한다.
지독한 결벽증이다.
오늘은 아침부터 결벽증에 시달리고 있다.
그래도 할 수 없다.
오늘은 결벽증으로 끝나버릴 것 같은 불길한 생각이 든다.
다시 너를 본다.

551

사람들 곁을 지난다.
사람들 속인가?
하지만 나는 그 무리에 끼고 싶지 않다.
그래서 자꾸만 겉도는지 모르겠다.
아무렴 어때.
세상은 잘난 맛에 사는 것이다.
그렇다고 무리수를 두는 것은 아니다.
속이던 바깥이든 상관없는 일이다.

552

너와 마주하고 섰다.
야윈 얼굴.
그래도 담담함을 잊지 않는 너.
관계를 청산한 나 아닌 너.
한때는 너 아닌 나였던 너.
이제 너에게서 나의 모습은 찾아볼 수 없다.
오로지 너만 남았을 뿐이다.
다가갈 틈도 주지 않는다.
그렇게 너를 찾아가길 바란다.

553

온종일 귀찮아.

이리 구르고 저리 구르다가 멍하니 앉아 본다.

전화가 와도 전화를 받지 않았다.

녹차를 내려 마시며 한동안 바다를 그리워해 본다.

바다로 가고 싶다.

하지만 그 많은 피서 인파에 벌써 겁을 먹는다.

아!

바다를 꿀꺽 삼키고 싶다.

554

가야 한다.

목적지는 분명하다.

그런데 멀게 느껴지는 이유는 뭘까?

다가가고 싶어도 다가갈 수 없는 그녀.

그래도 가야 한다.

언제까지 지켜보고만 있을 수는 없다.

먼저 손을 내밀면 혹시나 그녀가

나의 손을 잡아 줄지 모른다.

어쨌든 내 생각이다.

555

무덤덤하게 하루가 시작되었다.

오늘도 무던히 시간이 흘러갈지 모른다.

언제나 그래 왔듯이.

반복되는 일상이 싫다.

매일 일탈을 꿈꾸지만,

실행에 옮긴 적은 없다.

그것 역시 반복이다.

껌을 질겅질겅 씹어대며 오늘도 변함없이

시간을 질겅질겅 씹어댄다.

556

갈팡질팡하는 날씨.

갑자기 쏟아진 소나기에 물에 빠진 생쥐 꼴이 되었다.

장마가 끝났다고 해서 우산을 가지고 나오지 않았는데

그만 날벼락을 맞고 말았다.

그것도 두 번씩이나 당하고 말다니.

그래도 묵묵히 참는다.

모두가 내 탓인 것을.

또 시작이다.

557

마음이 급해 급행을 타고 말았다.

하지만 계산을 잘못해 내가 내려야 할 목적지를 지나치고 말았다.

마음만 급해서 허둥대다니.

목적지에 도착했을 때는 이미 늦고 말았다.

늘 기다리는 쪽은 나였는데.

그녀가 없는 빈자리에는 짜증이 덕지덕지 붙어 있다.

558

이 여자의 속마음을 알 수가 없다.

왜 이 여자의 속마음이 알고 싶어지는지 모르겠다.

자꾸만 다가가고 싶어지고,

자꾸만 얼굴이 보고 싶어지는 여자.

예쁘게 생긴 것도

그렇다고 못생기지도 않은 이 여자.

평범하기만 한 이 여자의 매력은 도대체 어디에서 나오는 걸까?

559

오늘을 모른체 해버렸다.

쏟아져 내리는 소나기에도 대꾸하지 않았다.

호우주의보가 내려졌는데도 눈 하나 깜짝하지 않았다.

그저 이러고 있는 내가 낯설 뿐이다.

언제부터 이러고 있었는지 모르겠다.

무심코 오늘을 본다.

무심코 그냥 너를 본다.

그냥.

560

아프다.

많이 아프다.

몸이 아픈 것이 아니라 마음이 아프다.

언제부터 이렇게 아팠는지 모르겠다.

아픈 것도 모른 채 나 몰라라 살아왔다.

그 긴 시간 동안 어떻게 견뎌왔는지도 모르겠다.

슬며시 발을 뺄 수는 없었던 것일까?

아픔은 쉽게 지워지는 것이 아니다.

561

불면은 시작에 불과했다.

아무리 머릿속의 때를 씻어내려 해도 좀체 씻기지 않는다.

무슨 잡념이 그리 많기에 밤을 새워가며 걱정을 하는지 모르겠다.

불면은 또다시 불면을 만들고,

이 전쟁은 쉽게 끝날 것 같지 않다.

몸 따로 마음 따로인 오늘이 시작된다.

562

무턱대고 화를 내고 말았다.
그러지 말아야지 하면서도
이놈의 욱하는 성격은 어쩔 수 없는 모양이다.
한 번만 더 생각하면 화를 내지 않아도 될 일인데.
호흡을 가다듬는다.
한 번을 생각하고 여유를 두고 또 한 번을 더 생각하자.
그리하면 사과하기도 쉬울 것이다.

563

벌써 오늘이다.
계속되는 오늘들.
생각해 보면 나는 오늘만 살아가는 것 같다.
내일도 오늘이고 모레도 오늘이다.
그래 오늘만 같아라.
그렇다고 생각 없이 살아간다는 말은 아니다.
나는 단지 오늘에 충실할 뿐이다.
내겐 늘 오늘이지만 색깔은 늘 다르다.

564

마음만은 굴뚝이다.
굴뚝에서는 연기가 모락모락 나고
나는 벌써 기대감으로 부풀어 오른다.
그러나 그뿐이다.
그 이상도 그 이하도 아니다.
붕 뜬 채로 조금의 움직임도 보이지 않는다.
그러다가 더위에 축 까부라지고 말았다.
더위, 참 모진 녀석이다.

565

갈 사람은 가고 올 사람은 온다.
길은 모두 하나로 통한다.
처음이 있으면 끝이 있기 마련이고
우리는 그것을 온전히 받아들여야 한다.
물론 받아들이지 못하는 이도 있다.
하지만 상처는 더 큰 상처를 만들 뿐이다.
자 어서 건너자 망각의 숲을.

566

작년 오늘 즈음이었을까?

기다림에 지쳐 흐느적거리다가 제풀에 지쳐 주저앉고 말았다.

그날 너는 나 몰라라 도망가 버렸다.

빌어먹을 그 후로 나는 욕만 늘었다.

오늘은 도망간 너를 향해 욕을 하다가 제풀에 꺾이고 말았다.

내 탓도 네 탓도 아닌 것을.

567

돌이켜 보면 아무 일도 아니다.

생각해 보면 별일 아니다.

그런데도 너를 탓하는 것을 보면 내겐 미련이 많은가 보다.

아니 그만큼 너를 소중하게 여겼는지도 모르겠다.

기대가 컸던 만큼 실망도 컸던 탓이다.

다음에 만날 때는 웃으면서 지나치기로 하자.

568

오늘의 흔적을 성형하려는 중이다.

그래도 상처는 남을 것이다.

나는 그 상처를 벗 삼을 터이다.

이차피 지우지 못할 거라면 받아들이는 편이 나을 것이다.

젠장! 뒤죽박죽이다.

그래도 그리 썩 나쁘지는 않다.

경험을 쌓은 오늘이 있어서 그래도 좋았다.

569

더위를 먹었다.

미친 척하고 너에게 따지러 간다.

왜 남김없이 남의 사랑을 먹어 버렸느냐고?

그리고 왜 넘치던 내 사랑을 쓰레기통에 처박았느냐고?

너에게 내 사랑은 '하찮은' 이었을까?

나는 지금 추억 속을 배회하고 있다.

질리도록 덥기만 하다.

570

풋풋한 녹차의 향기.

녹차를 우려 마시는 이 시간이 좋다.

오늘도 이렇게 한가로이 흘렀으면 좋겠다.

스팸 문자나 전화는 사절이다.

반가운 누군가에게서 전화가 왔으면 좋겠다.

실컷 수다를 떨었으면 좋겠다.

풋풋한 오늘이다.

그대와 함께 오늘을 걸어 본다.

571

더위가 있어서 외로울 틈이 없다.

새벽에도 가시지 않는 더위에 불면은 눈을 밝히고
오늘도 이렇게 앉아 있다.
이제는 꼭 자야 한다는 강박증도 없어졌다.
불면은 작은 장애일 뿐이다.
그리고 생각하기 나름이다.
더위와 말장난하기.
오늘의 일과 중의 하나다.

572

상처가 보기 싫어 성형을 했다.
그래도 상처는 껌딱지처럼 붙어 있다.
상처를 살짝 떼어내 거울에 붙여 본다.
가관이구나.
상처를 간직할 이유는 없었다.
그런데도 상처가 난 것을 보면
어차피 벌어지고 말았어야 할 순간이었다.
이렇게 된거 함께 가자꾸나.

573

두루마리 휴지처럼 인생을 풀어 간다.
너무도 술술 풀리는구나.
내 인생을 몇 미터나 될까?

이렇게 흥청망청 쓰다 보면 금세 바닥이 보일 것이다.
지나간 시간이 아쉬워지는 이유다.
나이를 먹으면서 더 간절해지는 것은
나 역시 속물이기 때문이다.
젠장!

574

아침부터 비가 추적거린다.
그녀가 보고 싶다.
사랑하지 않았으면서도 사랑이라고 믿었던 그녀.
결국에는 스스로 떠나게 하였던 그녀.
다시 그녀가 보고 싶은 것은 지난날에 연연하기 때문일 것이다.
훌훌 털어버릴 수는 없는 것일까?
지금 그녀는 무엇을 하고 있을까?

575

누군가의 사랑이 되어 있겠지.
충분히 사랑받고 사랑할 수 있는 사람이니까.
그런 네가 걱정되는 이유는 무엇 때문일까?
이제는 가까이 다가갈 수 없음이 서럽다.
유년으로 되돌아갈 수 있다면 얼마나 좋을까.
풋풋하고 서툰 사랑이 이제는 탐이 난다.

576

걸어 볼 심산이다.

오늘은 어디까지 걸을까?

무작정 걷는 것도 이제는 지쳤다.

지루함이 먼저 앞선다.

그래도 걸어야 한다는 강박관념은 지울 수가 없다.

왜 이렇게 불안한 것인가?

하루라도 걷지 않으면 개운하지가 않다.

우리는 어쩌면 걷기 위해 태어났는지도 모르겠다.

577

지나가는 사람들을 보고 있다.

모두가 제각각이다.

모양새도 걸음걸이도.

나 역시 나만의 생김새를 지니고 있을 것이다.

그러나 정작 나는 알지 못한다.

나에게서 어떤 의미가 풍겨 나오는지.

상큼한 향기를 만들고 싶다.

나는 언제쯤 나를 완성할 수 있을까?

578

일상의 반복에 익숙해져 버렸다.
틀에 박혀 오도 가도 못하고 있다.
일상 탈출을 꿈꾸지만,
번번이 실패로 돌아가고 만다.
모두가 익숙함 탓이다.
왜 나는 그 틀을 깨지 못하는 것일까?
한 자리에 안주하며 나 자신에게 소홀한 것은 아닌가?
생각하는 아침이다.

579

온갖 오물들이 춤을 춘다.
그러다가 한 곳에 멈춘다.
지난밤 길 잃은 영혼이 잠시 쉬어갔던 자리다.
흔적은 고스란히 남았고 정말이지 보기가 흉하다.
부디 집까지 잘 들어갔기를.
그러나 영혼은 죄가 없다.
모든 것은 알코올 탓이다.
핑계거리에 불과하지만.

580

잠자코 숨을 쉰다.

호흡을 가다듬으며 오늘을 명상한다.

그러다가 문득 머리를 삭발할까 하는 생각을 해 본다.

그러나 망설이고 있다.

치열한 세상을 살아가면서

내 마음대로 일을 벌여온 적이 있었던가?

잠자코 기를 죽인다.

성급한 판단으로 후회는 하지 말자.

581

미친개에게 물린 자국을 간직한 채 살아가야 한다.

아무리 지우려 해도 상처는 지워지지 않는다.

모두가 내 실수다.

다시는 그런 실수를 범해서는 안 될 일이다.

그러나 언제 또 내 머릿속의 미친개가 튀어나와 물지 모를 일이다.

미친개의 입을 틀어막는다.

582

녀석은 꿋꿋하다?

녀석은 심심하지 않다?

녀석은 외롭지 않다?
내가 녀석이 아닌 이상 녀석의 속마음을 알 리가 없다.
그리고 나는 녀석의 언어도 모른다.
질긴 생명력을 과시하는 한 마리의 열대어.
녀석의 초상을 기다리는 것도 이제는 지쳤다.
녀석의 WIN.
오늘은 친구를 만들어 줄 생각이다.

583

가지 말아요, 당신!
만약 이대로 뒤돌아 간다면 다시는 보지 않을 겁니다.
하지만 그녀는 가 버렸다.
뒤도 돌아보지 않은 채 당당하게도 걸어갔다.
나는 그녀의 뒷모습을 잊을 수가 없다.
그 모습은 악몽이 되어 나를 괴롭힌다.
자존심 버리고 잡았어야 했을까?

584

기다릴 이유는 없어요.
포기하세요.
누군가는 쉽게 말한다.
하지만 정작 자신의 입장이 된다면

그렇게 쉽게 말하지는 못할 것이다.

한마디 툭 던져 놓고 가버리는 당신.

그 말이 상처가 될 수 있다는 것을 알고 있기나 한 건지?

585

어디를 가던,

무슨 일을 하던,

어느 곳에 있든 간에 행복하기를 바라.

너에게 하고 싶었던 말이었다.

그런데 정작 그 말을 하지 못한 채 너를 떠나보내고 말았다.

이제는 후회해도 소용이 없다.

다만,

네가 행복하기를 진심으로 바랄 뿐이다.

586

무심코 눌러 버렸다.

배설물이 계속해서 토해져 나오더니 결국에는 넘쳐 버리고 말았다.

그만, 그만.

그러나 소용없는 일이 되어버리고 말았다.

어떤 녀석의 짓이냐?

변기를 틀어막아 버린 녀석은?

덤터기를 쓸 판이다.

배설물은 근심이 되어버리고 말았다.

587

머릿속이 탈이 나고 말았다.
감정도 메말라 버렸다.
미친개가 짖지도 않는다.
도둑고양이도 어딘가로 사라지고 말았다.
오늘 같은 날은 미친개와 도둑고양이가 티격태격 할만도 한데.
머릿속은 백지가 되어 버리고 말았다.
나는 그런 머릿속에 잉크를 엎는다.

588

늘 기다림뿐이다.
무엇을 기다리는지도 모른 채 살아왔다.
그중에서 사랑을 기다린 것이 가장 서럽다.
이제는 사랑 타령은 하지 않겠다.
기다림이 배부른 투정은 아닐까? 생각한다.
때를 기다리며 징검다리를 아슬아슬하게 걷는 느낌.
기다림은 숙명이다.

589

한 치의 물러섬도 없었다.
오직 자신의 입장에서만 생각했다.
나오는 대로 툭 던진 말이
상대에게 얼마나 상처가 되는지도 몰랐다.
그러다가 감정을 추스르고 뒤돌아섰다.
그러지 않았으면 주먹이 오갔을 것이다.
상대의 입장에 서서 조금만 배려했더라면.

590

아지랑이가 아른거린다.
후끈 달아오르던 사랑을 그리워한다.
지금은 사랑 보다는 잡을 수 없는 아지랑이만 남았을 뿐이다.
나는 아지랑이를 실타래처럼 감는다.
그러다 보니 떠나간 사랑이 더없이 그리워진다.
소용없는 일임을 알면서도 객기를 부려 본다.

591

깨진 사랑을 붙일 수는 없을까?
강력접착제를 사용해서라도 붙일 수만 있다면
붙이고 싶은 마음이다.

깨지면 또 붙이고 또 깨지면 또 붙이고.

그러나 마음뿐이다.

연연해야 할 필요는 없다.

집착으로 상대를 힘들게 만들고 싶지는 않다.

집착은 속물이다.

592

우두커니 앉아 너를 노려본다.

왜 네가 자꾸만 거꾸로 보이는지 모르겠다.

나는 너를 온전히 본 적이 없다.

너에 대한 나의 편견이다.

네가 거꾸로면 나도 거꾸로 생각하면 좀더

쉽게 다가갈 수 있을 텐데.

오늘은 너에게 거꾸로 다가갈 생각이다.

593

좋은 것도 나쁜 것도 아닌

보통인 오늘이었으면 좋겠다.

욕심을 부리고 싶지 않은 오늘이다.

그냥 보통인 채로 오늘을 걷고 싶다.

그렇다고 흐느적거리는 오늘을 만들고 싶지는 않다.

조심스럽게 오늘이라는 태엽을 감아 본다.

뻑뻑하다.

기름칠을 해야겠다.

594

지난밤에는 육두문자가 난무했다.

열대야는 춤을 추고 속은 부글부글 끓어올랐다.

겨울이 그리워지는 밤이었다.

건성건성 뜬 눈으로 밤을 보내고

게슴츠레한 눈을 할 수 없이 껌뻑거린다.

더위를 얼음과 함께 꼭꼭 씹어 삼킨다.

체하지 않으려면 어쩔 수 없다.

595

머릿속에 넣을 수 있는 세탁기를 찾아다니는 중이다.

쓸데없는 기억들을 말끔히 세탁했으면 좋으련만.

내 머릿속의 세탁기는 고장난지 오래다.

내 머릿속에는 넘치는 기억들만 고스란히 남아 있다.

세제도 구입하면 좋으련만.

시중에는 팔지 않아 걱정이다.

596

잠깐의 마주침.

그뿐이었다.

우리는 생판 모르는 남처럼 지나쳐 버렸다.

아는 척을 할 수도 있었는데.

서로에게 부담이 될까 봐 모른 척 지나쳤다.

어쩌면 그녀는 나를 완전히 잊었는지도 모르겠다.

허전함을 가득 안고 걷는 내 발걸음은 무겁기만 했다.

꼭 그래야만 했을까?

597

다가갈 수만 있다면 얼마나 좋을까.

항상 그랬다.

다가서기도 전에 망설이기를 반복했다.

그리고 어느 날 그녀는 내 시선에서 사라지고 말았다.

그녀의 부재는 날 불안하게 만들었다.

다가섬도 없이 떠나버린 그녀.

다시 그녀를 만난다면 한 발짝 더 다가설 수 있을 것 같은데.

598

차분한 오전이다.

나도 차분하게 오전을 마주하고 앉았다.

그러나 더위는 정 반대다.

뭐가 그리 급한지 벌써부터 인상을 찌푸리고 있다.

녀석은 곧 차분함을 잡아먹을 것이다.

녀석의 난동에 기죽지 않을 오늘이었으면 좋겠다.

잠시 잠깐 차분함을 즐겨본다.

599

도둑고양이 새끼들이 무럭무럭 자랐다.

한가롭게 하루를 즐기는 녀석들.

이제는 단체로 몰려다닌다.

음식물 쓰레기는 녀석들의 차지다.

인정사정없이 봉투를 찢는 녀석들.

과자 봉지를 뜯듯 녀석들의 얼굴에는 기대감이 넘쳐난다.

대신 녀석들은 공공의 적이다.

600

안절부절못하듯 시간이 흐른다.

흐름을 막을 수는 없지만 즐길 수는 있다.

하지만 왜 이리 부담스러운지 모르겠다.

전화를 받은 후부터 내 생각은 갈피를 잡지 못하고 흐른다.

나가야 하나 말아야 하나.

망설임이 곤죽이 되어가고 있다.
시간은 자꾸만 급해진다.

601

몽롱하다.
잠깐 졸았을 뿐인데 여러 가지의 스토리가
순식간에 지나가고 말았다.
그러나 꿈을 되짚으려 하면 꿈은 자꾸만 흐려져 간다.
지금도 꿈속을 배회하고 있는지도 모르겠다.
아니 줄곧 나는 그렇게 살아왔는지도 모르겠다.
순식간에 피곤해진다.

602

걱정이다.
걱정도 태산이라는데.
뭐가 그리 근심거리를 동반하게 하는지 모르겠다.
속 편히 생각하면 그만인 것을.
그러지 못해서 안절부절못하고 있다.
언제쯤 평온을 되찾을 수 있을까?
소심한 편이어서 자꾸만 신경이 쓰인다.
성격 탓인 것을 어찌하랴.

603

상처가 덧나고 있다.
쉽게 아물 줄로 알았던 작은 상처였지만
소홀한 틈을 타 반란을 일으키고 있다.
마음의 상처라서 약을 처방할 수도 없다.
상처를 만든 녀석은 나 몰라라 하고
나 역시 덧난 상처를 물끄러미 바라보고 있다.
녀석을 확 깨물어 주고 싶다.

604

조심스럽게 한 발짝 내디뎌 본다.
아무런 반응이 없다.
좀더 가까이 다가가 본다.
녀석은 인기척을 느꼈는지 후다닥 도망치고 만다.
내가 겪게 될 오늘의 잔영이다.
나는 오늘을 그렇게 쉽게 놓치고 싶지 않다.
낚시를 하듯 오늘의 실마리를 낚아채본다.

605

막연히 누군가가 보고 싶다.
대상은 떠오르지 않는다.

날씨가 끄물거리더니 내 머릿속도 멍하다.

대상을 찾기 위해 머리를 굴려 본다.

데구루루, 방바닥을 뒹군다. 뒹굴다가 다시 멍해진다.

누굴까?

그러나 대상은 좁혀지지 않는다.

텅 빈 누군가가 보고 싶다.

606

시간은 지금이다.

다가섬도 순간이 중요하다.

나는 지금을 살면서 너무 소홀하게 생각하고 있는지도 모르겠다.

다음을 기약하는 나태함.

그래서 항상 지나침에 민감하지 않은지도 모르겠다.

게으름이 또 나를 잠식한다.

오늘은 너에게 진심으로 다가서고 싶다.

607

된통 얻어맞고 말았다.

순식간이었다.

네 사랑의 어퍼컷에 나는 그만 정신을 놓아버리고 말았다.

그 한방을 내가 먼저 날렸어야 했는데.

가끔 이런 날이 있어서 행복하다.

나는 시도 때도 없이 너에게 날릴 한방을 생각할 것이다.
부디 몸조심하길!

608

운동 후에 마시는 아이스 아메리카노 한잔.
혼자 마시는 커피지만 남부러울 것 없다.
그런데 아메리카노를 다 마신 후에도
나는 자리에서 일어날 생각을 하지 않는다.
얼음을 오도독 오도독 씹으며 잠시 기다림을 가져 본다.
오늘은 그녀가 올지도 모른다.

609

사람은 겉과 속이 다르다.
다혈질인 나로서는 속을 그대로 내보여
상대를 난처하게 만들 때가 있다.
냅다 질러 대는 돌직구.
물불을 가리지 않는다.
그런 내가 요즘은 소심해졌다.
상대가 기분이 상한 것은 아닌가?
마음에 두고 걱정하기를 한두 번이 아니다.
그리고 보면 세월이 사람을 바꾸게 하는 모양이다.

610

어디에 있던 네가 있는 곳이라면 찾아간다고 했다.
그런데 모든 것이 귀찮아졌다.
변덕이 심한 녀석.
오늘은 그 변덕으로 국수를 뽑아 먹을 생각이다.
네가 어디에 있느냐는 중요하지 않다.
보고 싶으면 네가 오면 될 일이다.
나는 한숨 늘어지게 자련다.

611

바라보는 것은 소용이 없다.
다가가야 한다.
가까이 다가가야 그녀를 똑바로 볼 수 있기 때문이다.
착각이라고 생각했을 때 돌아서면 그만이다.
그 시간을 가져 볼 예정이다.
너는 꾸미지 않으면 된다.
나는 그 모습만 볼 예정이다.
숨은그림찾기가 되겠군!

612

흐느적거리며 지나가는 시간을 바라보고 있다.

시작은 단순했고 그 시작부터 모호해졌다.
같이 흐르면서도 동떨어진 이 기분은 뭘까?
아직도 삶이 서툰 탓일까?

613

내 머릿속의 미친개가 오랜만에 튀어나와 "닥쳐" 라고 짖었다.
자신을 돌아보지 못하면서
남을 탓하는 녀석의 얼굴에 직격탄을 날렸다.
녀석은 살살 피하다가 꼬리를 내렸다.
항상 그런 식이다.
머릿속에 미친개 한 마리도 못 키우는 녀석이 안타까울 따름이다.

614

오늘의 메뉴를 아직도 찾지 못했다.
물론 무엇을 할 것인지도 결정하지 못했다.
늘 이런 식으로 건성 건성이다.
오늘의 메뉴는 화를 참는 것으로 하겠다.
시도 때도 없이 화를 내는 내 간사함이 질리는 날이다.
웃을 수 있는 오후를 바라보고 싶다.

615

여전히 기다리는 중이다.
그러나 온다는 기약은 없다.
괜한 전화기만 탓한다.
그래도 믿어 보기로 한다.
결코 외면하지는 않을 것이다.
오지 않더라도 실망하지는 않을 것이다.
아직도 시간은 많으니까.
망설임 없이 나는 다시 기다리기로 한다.

616

젊음이 애가 탄다.
오늘의 젊음은 시간을 타고 점점 늙어 간다.
내일도 오늘일 테지만 오늘의 나는 존재하지 않을 것이다.
그래서 지금의 내가 소중하다.
아깝다고 젊음을 안 쓸 수도 없다.
그래서 정성껏 써야 한다.
한창 젊음을 즐기고 싶다.

617

오늘 사망했다는 고등어가

퀭한 뜬눈으로 나를 노려보고 있다.

비린내 풀풀 풍기는 어물전 앞.

파리도 한 몫 하려 덤벼들고 각종 생선은 처참했던

생사의 기로를 뒤로하고 영혼 없이 누워 있다.

입장 바꿔 생각하다가 나는 입맛을 다신다.

미안하지만 너희는 식재료일 뿐이다.

618

한 곳에 서 있다.

대중 속의 나일 뿐이다.

나서고 싶지도 그렇다고 숨고 싶지도 않다.

나인 나로 존재하면 그뿐이다.

복잡한 것은 딱 질색이다.

어딘가에 속한다는 것도 원치 않는다.

보통인 나로 서 있고 싶을 뿐이다.

오늘도 차분히 흐름을 느껴본다.

619

소식이 달려왔다.

걸어와도 될 터인데.

이 늦은 더위에 얼마나 숨이 차고 땀을 많이 흘렸을까?

나는 딱 그만큼만 기다렸다.

그런데 기다림이 왜 그리 지루하고 길었는지 모르겠다.
이 계절의 중간에서 잠시 호흡을 가다듬는다.
기다림은 아직 끝나지 않았다.

620

이 길을 혼자 걷는다.
늘 그래 왔다.
혼자 걸어야 하는 것이 인생이다.
누군가 대신해서 걸어 주지는 않는다.
그래서 외로운 것인지도 모르겠다.
아무도 지나가지 않는 길 위에서 이런저런 생각들로
사색에 잠겨 본다.
저 앞에 벤치 하나쯤 있었으면 좋겠다.

621

너를 탓하지는 않겠다.
살다 보면 그럴 수도 있는 법이다.
하지만 실망은 어쩔 수 없는 모양이다.
내 기억 속 한 자리를 차지하게 될 너에 대한
실망은 어쩌면 지워지지 않을지도 모르겠다.
그렇지만 나는 오늘부터 너의 좋은 면만 기억하고 싶다.

622

이 녀석도 이제는 늙었구나.

속도가 예전 같지 않다.

이런 빌어먹을.

세상은 놀라운 속도로 진화하고

내 분신과도 같은 노트북은 그 속도를 따라잡지 못한다.

빠른 속도로 변화해 가는 세상이 문득 겁날 때가 있다.

네 탓은 아니다.

안주하려는 내가 문제다.

623

비가 옵니다.

내 가슴에도 비가 내립니다.

당신을 볼 수 없음이 안타깝습니다.

하지만 당신이 이곳에 있었다는 것만으로도 위안을 받을 수 있습니다.

보고 있나요?

당신은 내 기억 속에 존재합니다.

편히 쉬세요.

잠시 당신을 기억 속에서 지우렵니다.

624

엉망이 되어 버리고 말았다.
너무 기대가 컸던 탓일까?
뒤죽박죽되어 어디에 붙었는지도 모르는 오후.
이미 돌이킬 수 없는 시간을 지나쳐 왔다.
더는 엉망으로 내버려 둘 수 없다.
바로 잡을 수 없기에 나는 그냥 흘러간다.
그 꼬투리를 잡아 본다.

625

소리 내어 한없이 울던 녀석이 생각난다.
시작은 녀석의 몫이었지만 끝은 우리의 몫이었다.
만신창이가 되어버린 녀석.
녀석을 돌려보내고 우리는 아무 일도 없었던 냥
웃고 즐기기에 바빴다.
녀석의 설움은 생매장 되어 버리고 말았다.
녀석이 노려본다.

626

바람이 보기 좋게 선선하다.
가을을 앞당겨 맞이해 본다.

비가 와서 더 운치가 있다.

이제 또 다른 계절에 익숙해져야 할 때다.

계절을 건너뛸 때마다 환절기라는 몸살을 앓는다.

그래도 오가는 것은 막을 수가 없다.

계절의 어중간에서 한숨을 쉰다.

627

너는 면회 안 올 거냐?

카카오톡이 날아왔다.

면회라는 말이 낯설게 느껴진다.

꼭 구치소에 면회를 가는 것 같은 생각이 드는 건 왜일까?

녀석이 품고 있는 암이라는 녀석은 지독하게도 사람을 괴롭힌다.

이제 그만 놔주고 다른 곳으로 갔으면 좋으련만.

628

산 중턱에서 공황이 왔다.

올라가기도 내려가기도 애매한 위치.

약을 먹고 잠시 쉬자 견딜 만 했다.

다시 산을 오르기 시작한다.

몸 따로 마음 따로, 공황이라는 녀석은 돌아갈 생각을 하지 않고.

나는 그저 걸을 뿐이다.

언제나 그렇듯 익숙해질 것이기에.

629

그녀, 왜 그렇게 빨리 걷는지 모르겠다.
그 뒤를 따르는 나, 안간힘을 쓴다.
투덜거려봤자 아무런 반응도 돌아오지 않는다.
누가 따라오래 라는 식이다.
조금만 배려해 준다면 같이 걸을 수도 있을 텐데.
우리 사랑하기나 하는 걸까?
아니면 이별연습인가?

630

병문안 가는 길.
남의 일 같지 않아 발걸음이 무겁다.
돌아설까도 생각했지만 그럴 수도 없다.
녀석의 아픔을 가늠해 본다.
대체 어떤 놈이기에 녀석을 그토록 괴롭히는 것일까?
놈은 녀석의 친구가 되어버렸다.
서로 상부상조하며 살아가면 좋으련만.

631

일주일을 머리에 이고 살았다.
내려놓으려 해도 쉽사리 내려놓을 수가 없었다.

시작은 아주 사소한 것에서부터였다.

그 사소함이 점점 커지더니 급기야 나를 짓누르기 시작했다.

왜 나는 집착을 밥 먹듯이 하는 것일까?

오늘도 나는 나를 조용히 곱씹는다.

632

일상의 반복이 안타깝다.

익숙하면서도 익숙하지 않은 나날.

익숙해지면서 나는 늙어 간다.

결코, 반복은 아니다.

그런데도 인지하지 못한다.

삶이 바쁘고 지루하기 때문일까?

그런 것은 결코 아닐 것이다.

나인 나를 돌보지 않기 때문이다.

오늘도 내일도.

633

오늘 점심은 허기다.

굳이 매일매일 먹을 필요는 없다고 생각했다.

그래서 배도 부르지 않는 허기를 먹었다.

아침은 시장기로 대신하고 점심은 허기를 먹고

저녁은 허기와 시장기를 합친 만찬을 준비할 예정이다.

어쨌든 맛있게 먹으면 되는 것 아닌가?

634

처음부터 사랑은 아니었어.
단지 인연이었어.
그런데 사랑을 하다가 보니까 익숙해지더라.
새로움이 아니라 외로움 때문이었을 거야.
싸우고 지지고 볶고 하다 보니까 네가 지겨워지더라.
그런데 막상 헤어지려 하니까
미운 정이 들어서 그럴 수도 없더라.

635

너를 보다가 나를 보다가.
인연일까?
악연일까?
생각하다가 하품을 하고 말았다.
그런 것이 그렇게 중요한 것인가?
우린 처음부터 남이었다.
그런데 혼자가 된다고 생각하니까 막상 두려운 것이다.
안정적이거나 두렵다는 것의 답은 정작 네 마음속에 있다.

636

갈증이 심하다.
한여름 더위에도 느끼지 못하던 갈증이
이제야 느껴지는 것은 대체 뭔가?
사랑이 덧난 것인지도 모르겠다.
나는 지금 터지기 일보 직전이다.
나는 안중에도 없이 제멋대로인 그녀.
바로 너의 무관심 때문이다.
너의 입맞춤이 그립다.

637

겉으로는 조용해도 지금은 일촉즉발의 상황이다.
내 머릿속 녀석과의 싸움.
말을 하지 않은지 꽤 오래된 것 같다.
이제 한바탕 싸움을 벌일 기세다.
녀석에게 미끼를 던질까 말까 생각 중이다.
녀석보다도 먼저 도둑고양이가 나타나 발톱을 세우면 어쩌지?

638

내 머릿속 음식물 쓰레기를 후벼 파기 시작하는 도둑고양이.
이 녀석도 내 머릿속의 미친개와 한패다.

썩는 냄새가 진동하는데도 아무렇지 않은 듯
제 세상을 음미하는 녀석.
너도 결국에는 미쳐 갈 것이다.
내 머릿속에는 미친 존재들이 즐비하다.

639

숫자를 들여다본다.
언제 적 숫자인가?
가물가물한 공식들.
내 머릿속이 그렇다.
마땅한 공식 없이 뒤죽박죽인 숫자들.
누가 대신해서 풀어 줄 사람 없나?
골몰히 생각 중이다.
그러나 공식이 있을 수는 없다.
잊자. 잊어버리자.
그런데도 지워지지 않는다.

640

단조로운 일상에 돌을 던진다.
퐁당!
그 너울은 거센 파도가 되어 내 일상을 뒤흔든다.
다행이다.

아직도 살아 있음을 느끼는 순간이다.
시비를 건 쪽은 나다.
더위를 식히기 위해 나도 풍당!
물속으로 뛰어든다.
그런데 너무 깊다.
본능적으로 허우적거린다.

641

고추를 씹었을 때의 그 찰라.
단맛과 매운맛이 교차하는 순간.
오늘 오후가 그렇다.
귀를 막고 코를 막고 입을 막고 푹 쉬고 싶다.
아무 생각도 하기 싫다.
오후도 나를 무표정으로 봐 주었으면 좋겠다.
아니면 내가 먼저 오후의 문을 닫아버리겠다.

642

온전하지 않은 길.
등산객이 다니면 다닐수록 새로운 길이 만들어진다.
내가 걷는 길도 그 중의 하나일 것이다.
스틱으로 찍어 놓은 자국들.
동네 뒷산을 오르는 데 스틱이 필요할까?

인상을 찡그리면서도 산은 너그럽게 마음을 내어 준다.

643

앞만 보고 걸었지 정작 정상에 오르면 내려오기 급급했다.
그러다가 오늘 일출을 보았다.
나는 왜 그 자연의 섭리를 무시하려 하는 것일까?
부끄러워지는 순간 조금 더 휴식을 가져 본다.
비록 불면증 때문에 오르기는 했지만
체증이 가시는 상쾌한 기분이다.

644

바람이 좋다.
새벽의 쌀쌀한 바람이 가을을 향해 내달리고 있음을 알린다.
내가 알아차리지 못하는 사이 어쩌면 가을은 벌써
저만치 내달리고 있을지도 모르겠다.
지켜볼 예정이다.
이번 가을은 무심코 넘기지 않을 작정이다.
바람을 따라 무작정 걸어 본다.

645

지켜주지 못해 미안해.

이 말을 너에게 하리라고는 생각을 못했다.
하지만 나는 정작 남이 아닌 남이 되어
너를 구석으로 밀고만 있다.
그래서 네가 사라진 것일까?
나는 그저 미안한 생각뿐이다.
이제야 그런 너를 기다리는 나는 또 뭔가?
바보!

646

시간을 먹고 산다.
누가 만들어 놓았는지 시간이라는 녀석은 가끔 얄미울 때가 있다.
오늘이 그렇다.
먹지 말라고 해도 먹지 않을 수 있는 것이 아니다.
저절로 먹는 것이 시간이다.
이왕 먹을 거 대차게 먹자.
왕갈비를 뜯듯 시간을 뜯어 먹어 본다.

647

나인 너를 본다.
살아온 길이 글렀구나.
되돌아갈 수도 없는 길.
홀로 걸어가 본다.

가면 갈수록 앞길이 아른거린다.
무작정 걸어서는 소용이 없다.
그냥저냥 걸어도 소용이 없다.
운동화를 조여 신고 걸어 본다.
세월을 바람처럼 걷고 있는 현실이 덜컥 겁난다.

648

머릿속이 온통 멍들었다.
두들겨 맞은 것도 아닌데 온몸이 쑤시고 아프다.
성급하게 맞이한 오늘 때문인 것도 같은데.
하여튼 이대로라도 오늘을 시작해야 할 것 같다.
어떻게 멍든 머릿속에 약을 바르지?

649

열쇠를 잃어버리고 전전긍긍하는 내 모습이 바보 같다.
도대체 어디에 흘린 것일까?
빨리 밖에 나가야 하는데 열쇠를 찾을 수가 없다.
포기하고 옷을 갈아입는데 호주머니에서 열쇠가 나왔다.
이런 젠장!
나를 탓하기 이전에 건망증부터 치료를 받아야겠다.

저자 후기

언제부터였을까.

항상 너와 마주하고 앉을 때면 기분이 좋았어. 그래서였을 거야. 그래서 하루도 빠짐없이 너와 대화를 나누었지. 물론 내 머릿속의 미친개와 도둑고양이도 가끔은 불러내 달래곤 했었어.

아마도 네가 없었다면 견디지 못했을 거야.

너와의 수다에 시간 가는 줄도 몰랐어. 외롭지 않아서 다행이었어.

너와의 만남이 즐거웠던 것처럼 언제까지나 함께 있어 주었으면 좋겠는데.

너를 바라보다가 나를 발견하곤 하지.

어쨌든 많은 시간을 함께 걸어왔다. 앞으로도 함께 걸어가야 할 날이 많이 남아 있기는 하지만 잠시 이즈음에서 쉬었다가 가는 것도 좋을 것 같은데.

너는 어때?